叫んだ瞬間、僕の手から青白い光線が放たれた。
極太ビームがウッドゴーレムを飲みこむ。

入《いり》江《え》海《かい》斗《と》
異世界転移した、まじめな青年。
攻守最強の万能ビームを使いこなし、
最強の冒険者として自由に暮らす。

フリーゼ
凛々しい勇敢な獣人娘。
獣人には珍しい実力派の冒険者で、
海斗の人柄に惹かれて仲間に加わる。
オルテア
明るく親切な獣人娘。
海斗に窮地を救われたことで彼に懐き、
仲間として冒険者生活を送ることに。

「日に日に撫で上手になっていくなぁ……」
「だけど……耳だけでいいの？たとえば、しっぽとか……」

最強デスビームを撃てるサラリーマン、異世界を征く 1

剣と魔法の世界を無敵のビームで無双する

猫又ぬこ

HJ文庫
1073

口絵・本文イラスト　カット

目次

《 序幕　三つの言葉 》

「入江《いりえ》海斗《かいと》さん、どうか落ち着いて聞いてください。あなたは先ほど不慮《ふりょ》の事故に遭《あ》い、不幸にも死んでしまいました」

哀《あわ》れむように目を細め、金髪碧眼《きんぱつへきがん》の女性が僕《ぼく》を気遣《きづか》うように言う。

真っ白な空間だった。

果てが見えないほど広いのに、いるのは僕と彼女《かのじょ》だけ。

なにもない場所なのに、空虚《くうきょ》さを感じないのは、目の前にいる彼女が神々《こうごう》しいオーラを放っているからだ。

煌《きら》びやかな金髪《きんぱつ》を足もとまで垂らした、神秘的な女性だった。なめらかな肌《はだ》をゆったりとしたローブが包みこみ、天使のような翼《つばさ》を生やしている。

「あなたは……？」

「私は女神《めがみ》です。そしてここは、人間が言うところの死後の世界です」

「なるほど……僕は死んだわけですね」

「……取り乱さないのですね」

女神様は意外だと思っているようだ。

たしかに普通《ふつう》、突然《とつぜん》『あなたは死にました』などと言われれば動揺《どうよう》しそうなものだが、僕はこの状況《じょうきょう》を受け入れていた。

しいて気になることを挙げるなら、ここが天国か地獄《じごく》かだ。

地獄のようには見えないが、天国のイメージとも違《ちが》う。それとも天国や地獄というのは人間の想像上の産物に過ぎず、善人も悪人も最終的にはここに行きつくのだろうか。

「いいえ、天国も地獄も実在します」

女神様が、僕の疑問に答えてくれる。

まだ口に出していないのに……

「僕の心が読めるんですか？」

「はい。女神ですから」

どやり、と得意満面の女神様。

超常《ちょうじょう》的な力を持っているということは、彼女は本当に神様なのだろう。

「本来ならば死ぬと魂《たましい》が集う場所へ送られ、生前の行いに応じて天国行きか地獄行きかが決まるのですが……あなたは特別に私の私的空間へ招きました」

ミニマリストもびっくりのなにもないプライベートルームだ。

広さはさておき、僕の部屋も似たようなものだけれど、さすがに家具は一式揃《そろ》ってる。もっとも、神様がベッドでスヤスヤ眠《ねむ》る姿は想像できないが。

「いいえ、神もベッドで寝《ね》ます」

ベッドで寝るらしい。

「いまは見えないように女神パワーで隠《かく》しているだけですよ。来客を招くわけですから、部屋は綺麗《きれい》にしなければと思いまして」

「便利な力を持ってるんですね」

「女神ですから」

どやり、と再び得意気な女神様。

こほん、と控《ひか》えめな咳払《せきばら》いをして、神妙《しんみょう》な面持《おもも》ちになる。

「入江海斗さん――。このたびは私のミスで、あなたに大変申し訳ないことをしてしまいました」

「申し訳ないことをされた記憶《きおく》はないのですが」

「覚えていないのも無理はありません。なにせ一瞬《いっしゅん》の出来事でしたから」

「一瞬の？」

「はい。……あなたは、ご自身の死因を思い出せますか？」

「いえ、気づいたらここにいましたから。……ただ、ここを訪《おとず》れる直前、視界が真っ白になったことだけは覚えてます」

体感的には、つい先ほどの出来事だ。

いつも通り、六時にセットしたアラームで目覚め、ニュース番組をぼんやり眺《なが》めながら軽めの朝食を済ませると、雨が降るなか出社しようと家を出て、眩《まぶ》しい光に包まれた。

雷鳴《らいめい》が轟《とどろ》いていたので、状況からして雷《かみなり》に打たれたと考えるのが自然だが……

「その通り。あなたは雷に打たれ、命を落としたのです」

「それは、なんというか……珍《めずら》しい死因ですね」

雷に打たれて死ぬのは、宝くじに当たるより難しいと聞いたことがあるけれど、まさか引き当ててしまうとは。悪い意味で運を使ってしまったようだ。

現実感が湧《わ》かず、他人事《ひとごと》のような口ぶりになってしまった。

けれど女神様は自分のことのように顔を曇《くも》らせ、心苦しそうに言う。

「実を言うと、あなたはまだ死ぬべきひとではなかったのです」

「奇跡的《きせきてき》に助かるはずだった……ということですか？」

「いえ、即死《そくし》でした」

「即死レベルの雷を受けたにしては、身体に傷は見当たりませんが」

僕はスーツ姿だった。

パリッとしたジャケットに、細身のスラックス。汚《よご》れの目立たないブラックカラーとはいえ、さすがに落雷《らくらい》の跡《あと》は誤魔化《ごまか》せないだろう。

なのにスーツに落雷を浴びた形跡《けいせき》はなく、腕時計《うでどけい》も静かに時を刻み続けている。

「いまのあなたは魂だけの存在ですから。魂に傷をつけることはできません。そして魂の見た目には、死の直前の姿が反映されるのです」

「なるほど。話を戻《もど》しますが、『まだ死ぬべきひとではなかった』とは？」

それは……、と女神様は言いよどみ、

「……私の手違《てちが》いだったのです」

「手違い、ですか？」

「はい。恵《めぐ》みの雨を降らせるつもりが、うっかり雷を落としてしまい……。本当に申し訳ありませんでした」

女神様が、深々と頭を下げてくる。

「いえ、謝《あやま》らなくていいですよ。過ぎたことですし、誰《だれ》にでもミスはありますから」

「そう言っていただけると気が楽になりますが……あなたは私の落ち度で死んでしまったわけですから、アフターケアをしないわけにはいきません」

「というと？」

女神様は、ここからが本題とばかりに真剣《しんけん》な顔をした。

「本来なら天国か地獄へ行っていただきますが、あなたにはそれとは異なる二択《たく》をご用意いたしました。――天国へ行くか、転生するかの二択を」

悪事を働いたことはないけど、積極的に善行を積み重ねた記憶もないので、地獄行きもありえない話じゃなかった。

地獄行きが選択肢《せんたくし》から消えたのは助かる。

「ちなみにですが、死後の世界の話を喧伝《けんでん》されると困りますので、同じ世界で二度生きることはできません。転生を選んだ場合、あなたは地球以外の惑星《わくせい》で――いわゆる異世界で生きていくことになります」

そう言って、女神様は異世界の魅力《みりょく》を語りだした。

いわく、地球と同じく人間が大勢暮らしているらしい。

いわく、科学のかわりに魔法《まほう》が発達しているらしい。

いわく、人間同士の戦争のない平和な世界らしい。

いわく、衛生的で美味《おい》しい食べ物も多いらしい。

「平和なのはいいですね」

「でしょうっ？　あとですね、ここだけの話、天国ってそんなに楽しいところじゃないんですよ。人口の多くが天寿《てんじゅ》を全《まっと》うしたお年寄りですし、娯楽《ごらく》なんてありませんし、ずっと日が出てますから明るくて寝づらいですし、善人しかいないので刺激《しげき》なんてありません」

なぜか天国をディスりつつ、青い瞳《ひとみ》で僕をじっと見つめてくる。

「さあ、どうしますか？　異世界で刺激的《しげきてき》な楽しい日々を過ごすか、天国でお爺《じい》ちゃんやお婆《ばあ》ちゃんの長話に相づちを打つだけの日々を送るか――選べるのはひとつだけです」

「では、天国でお願いします」

「なるほど。転生ですねっ！」

「いいえ、天国です」

「転生？」

「て・ん・ご・く！」

「て・ん・せ・い？」

「……もしかしてこれ、二択を装った一択なのでは？」

「いいえ、女神は強要なんてしません。天国か転生の二択です」

「天国がいいんですけど」

「転生がいい、ですか？」

やっぱり一択じゃないか！

定時で帰っていいと言われたのにいざ帰ろうとすると上司に嫌味《いやみ》を言われてけっきょく残業したことを思い出した。あのときと同じ、実質一択のパターンだ。

「なぜ天国に行かせてくれないんですか？」

女神様が気まずそうに目を逸《そ》らした。

「それは……私のミスが明るみに出るからです。上司にバレれば査定に響《ひび》きます」

「神様にも査定とかあるんですね」

「あるのです。完全に出世コースから外れてしまいます。しかも上司は私の父ですので、プライベートでもしこたま叱《しか》られます」

女神様は半泣きだ。

なんだか申し訳ない気持ちになる。

とはいえ、天国に魅力を感じたわけではないが、転生したいとは思えない。

「なぜそんなに転生を嫌《いや》がるのですか？」

「それは……生きていても、楽しくないからですよ」

二九年の人生で、僕はただの一度も生きていることに喜びを見出《みいだ》せなかった。

僕に無関心な父と教育熱心な母のもとに生まれ、物心ついた頃《ころ》から母に『勉強していい会社に就職すれば幸せになれる』と言い聞かされて育った。

いわゆる英才教育を受け、学校終わりは塾通《じゅくがよ》い。遊ぶ時間なんてなく、友達付き合いも許されず、娯楽らしい娯楽に触《ふ》れることもできず、勉強漬《づ》けの日々を送った。

やりたいことなどなく、ただ給料がいいという理由で就職先を決め、いよいよ母の言う『幸せ』が訪れるのだと淡《あわ》い期待を抱《いだ》いたが……

そんなものは、なかった。

毎日毎日家と会社を往復するだけの日々。

趣味《しゅみ》を作ろうにも何事にも興味が持てず、休日はなにをすればいいのかわからず、家でぼんやり過ごすだけ。お金の使い道がわからず、貯金だけが増えていった。

人生をやりなおすことができたとしても、記憶や人格を引き継《つ》げば、無味《むみ》乾燥《かんそう》な日々を送ることになる。人格が変われば転生にも意味があるが、それは死ぬのと同じこと。

死と天国の二択なら、僕は後者を選びたい。

突然の死は受け入れることができたけど、自分の意思で死を選ぶのは怖《こわ》いから。

「では来世では好きなものを見つけ、楽しい人生を送るといいでしょう」

「言うのは簡単ですけど、好きなものが見つかるとは思えませんよ。僕はなにに対しても興味を持てない人間ですから」

「それはあなたがそう思いこんでいるだけです。心の奥深《おくふか》くを覗《のぞ》いてみれば、自分の知らない好きなものが見つかるはずです」

というわけで、と女神様は笑顔《えがお》で手を叩《たた》き、

「心理テストをしましょう。そうすれば、あなたの深層心理に眠る『好きなもの』を知ることができますからねっ！」

「これ完全に転生する流れになってません？」

「だいじょうぶです。次の人生は必ず幸せになれると保証しますからっ！　それでも転生したくないのでしたら、転移ということでどうでしょう？」

「どう違うんですか？」

「転生ですと赤子からやりなおすことになりますが、転移でしたら元の肉体のまま生活を始めることになります。つまり、早く寿命《じゅみょう》を迎《むか》えることができるのです。――転生と転移、どちらにしますか？」

ついに選択肢から天国が消えてしまった！

では転移で……、と伝えると、女神様がにこりと笑う。

「さて、それではこれより心理テストを始めます！」

元々心理テストが好きなのか、女神様はうきうきと声を弾《はず》ませる。

次の瞬間《しゅんかん》、女神様の手元に真っ白なフリップが現れた。

「これからフリップに多くの文字が浮《う》き出てきます。そのなかから最初に見つけた三つの言葉が、あなたの人生に欠かせないものに――好きなものになるのです」

たとえば『温泉』を見つけたら、自分では気づかなかっただけで、実は僕は温泉が好きだったということになる。

べつに温泉は好きじゃないけれど、好きだと思いこんで温泉巡《めぐ》りをすることで、本当に好きになる日が来るのかもしれない。

自分では好きなものを見つけることができなかったんだ。こうして強制的にでも『実はあなたはこれが好きだった！』と告げられるのは、それはそれでありかもしれない。

天国行きを望んでいたけれど、そういうことなら転移もありだ――なんて、柄《がら》にもなくポジティブに考えていると、フリップに漢字が浮き出てきた。

フリップをじっと見つめ、単語を探す。

――『収集』

まず見つけたのは、『収集』だった。

幼い頃から娯楽に触れることを許されず、趣味もなければ好きなこともない僕にとって、収集は縁遠《えんどお》い言葉だ。

欲《ほ》しいものがなにもなく、貯金が増えるだけのつまらない日々を送っていたけれど……そんな僕とは対照的に、テレビ番組で紹介《しょうかい》されていたレコードの収集家だったり、クツの収集家だったり、フィギュアの収集家だったり——いわゆるコレクターと呼ばれる人々は、とても楽しそうに日々を生きているようだった。

だったら僕も手当《てあ》たり次第《しだい》に買うことで、いつか欲しいものが見つかり、コレクターとして有意義な人生を歩めるようになるかもしれない。

——『獣耳《けものみみ》』

次に見つけたのは、『獣耳』だった。

これはペットを飼いなさい、ということだろうか。

動物が好きというわけではないが、嫌《きら》いというわけでもない。これまで関心はなかったけど、ペットを飼えば生活スタイルが変わったり、ペットを通じて交友関係が広がったり、人生に変化が訪れるかもしれない。

——『光線』

最後に見つけたのは、『光線』だった。

意味がわからなかった。

「はい、終了《しゅうりょう》です」

三つ目を見つけたタイミングで、フリップが消滅《しょうめつ》する。

「心理テストの結果、あなたの人生に欠かせないものは『収集』『獣耳』『光線』の三つということが判明しました！」

「異物が交ざっているのですが⁉」

「どれのことでしょう？」

「光線ですよ光線！」

「ああ、人間はビームが撃《う》てないのでしたね。ですが心配には及《およ》びません。女神パワーで、あなたを好きなだけビームが撃てる身体に改造しますからっ！」

「改造されても困るんですけど⁉　ビームなんて撃ちたくないんですけど⁉」

「心配無用です。これまた女神パワーで、あなたを好きなものに忠実に生きられるように改造しますからっ！」

「洗脳じゃないですか！」

深層心理はどこ行った！

「さて、それではさっそく改造を――」

「あのっ、その前にひとつお願いがあるんですけど！」

「なんでしょう？」

「普通にビームを撃つだけだと持て余しそうなので、いろんなことに応用できるビームを撃てるようにできませんか？」

退屈《たいくつ》を紛《まぎ》らわせ、あわよくば趣味になればと思い、僕は社会人になってから映画や小説などの創作物に触れるようになった。そしてその際、多くの作品でビームは必殺技《ひっさつ》として使われていた。

いきなり必殺技を伝授されても持て余すのは確実なので、たとえば軍事用レーダーから電子レンジが誕生したように、ビームも平和なことに応用できると助かるのだけれど……

「ええ、構いませんよ。光を放射するだけでは飽《あ》きてしまいますからね。様々なビームを撃てたほうが、あなたも楽しいビーム生活を送ることができるでしょうっ！　では――」

女神様が、パチンと手を打った。

獣耳
収集
光線

僕の全身が淡く灯《とも》り、身体の奥底《おくそこ》から熱がこみ上げてくる。

熱がさざ波のように引いていくなか、女神様が柔和《にゅうわ》な笑《え》みを浮かべた。

「これであなたは三つの力に――『収集欲に正直な力』『獣耳を愛する力』『光線を出す力』に目覚めました」

「正直、実感が湧きませんが……」

「異世界に降り立てば、すぐに実感も湧くでしょう。すぐに適応できるよう、言語も習得させておきましたので、安心して異世界生活を楽しんでくださいねっ！」

次の瞬間、僕の足もとに幾何学的《きかがくてき》な紋様《もんよう》が浮かび――

「入江海斗さん。あなたの新たな人生に、幸あらんことを……」

眩《まばゆ》い光に包まれて、僕の二度目の人生が幕を開けた。

《 第一幕　ビーム人間 》

視界が晴れたとき、僕は青空の下に佇《たたず》んでいた。

見上げればゆっくりと雲が流れ、乾《かわ》いた風が砂埃《すなぼこり》を運んでくる。

遠くのほうに森が見えるが、近辺は荒涼《こうりょう》としている。すぐそばには荒《あ》れ果てた山が佇み、大きな岩がごろごろと転がっていた。日本なら『落石注意』の看板にお目にかかれそうな場所だ。

「ここは……廃鉱山《はいこうざん》？」

山には坑口《こうこう》が散見できた。打ち捨てられたトロッコの腐食《ふしょく》具合や、木造小屋の朽《く》ち果てぶりから、もう何年も前に廃山《はいざん》になってそうだ。

鉱員の休憩所《きゅうけいしょ》と思《おぼ》しき木造小屋は、そこらじゅうにあった。これだけの数があるなら、かなりの人数が働いていたはず。

廃山になったことでかつての賑《にぎ》わいは失われてそうだが、鉱員たちが集った町が近くにあるかもしれない。わずかでも住人がいるのなら、そのひとに大都市への道のりを教えてもらおう。

小さな町だとよそ者は警戒《けいかい》され、爪弾《つまはじ》きにされるかもだけど、大きな町なら僕みたいな流れ者でも職にありつけるはず。

異世界生活の具体的なプランはないが、まずは職を見つけ、生活拠点《きょてん》を手に入れないと、野垂れ死に確定だ。

「そうと決まれば――」

こつん、と。

突然、足もとに小石が飛んできた。

軌跡《きせき》を辿《たど》ると、二〇メートルほど向こうの小屋からだ。ドアが半開きになり、隙間《すきま》から手が伸《の》びていた。……誰かに手招きされている。

どうやら僕に用があるらしいが、おいそれとは近づけない。ここは廃山、山賊《さんぞく》の根城になっていても不思議はない。

「だけど……山賊なら普通、集団で取り囲むよね?」

一匹狼《いっぴきおおかみ》の山賊かもしれないが、だったらわざわざ僕に気づかせるようなことはしない。逃《に》げられないよう、不意打ちで襲《おそ》ってくるはずだ。

それでも警戒するに越《こ》したことはないが、どのみち誰かに会う必要がある。必死そうに手招きしてるようだし、接触《せっしょく》してみるとしよう。

「早く、早く」

小屋が迫《せま》ると、小さな声で急《せ》かされた。

声からして女性のようだ。幼さが残っているし、もしかするとまだ子どもかもしれない。

「こんにちは。僕になにか用ですか？」

「いいから入って……！」

僕の腕《うで》をがしっと掴《つか》み、小屋へ引っ張り込《こ》んでくる。

ドアが閉ざされると、途端《とたん》に視界が悪化した。

風化が激しく、壁《かべ》のところどころに穴が空いているため、光は差しこんでいるけれど、彼女の風貌《ふうぼう》は判然としない。

ただ、うっすら見えるシルエットは、僕より頭ひとつ分は小さかった。一五五センチに満たないくらいだ。やはりまだ子どもなのかも。

「……よかった。気づかれてないみたいね」

壁穴から外の様子を窺《うかが》い、安堵《あんど》の息を吐《つ》いている。

こちらこそ山賊ではなさそうで一安心だ。

「質問ですが、ここはあなたの家ですか？」

「えっ？　ううん、違うわよ」

よし、会話が成立したぞ！　女神様の力で、僕は異世界言語をマスターしたようだ。

こうなれば彼女と親睦《しんぼく》を深め、町への道のりを教えてもらおう。

「僕は海斗《かいと》です。入江《いりえ》海斗」

「あたしはオルテアよ。ねえ、カイトはどうしてここにいるの？」

「話せば長くなりますが、一言で言うと流れついた感じです」

「つまり、旅人ってこと？」

「そうなりますね」

「ひとりで旅してるの？」

「ええ、まあ」

「てことは強いのねっ」

オルテアさんは声を弾ませる。暗いので表情は窺えないが、なんだか嬉《うれ》しそうだ。

僕が強いと都合がいいことでもあるのだろうか。……まさか本当に山賊がいて、彼女はここに隠れてるとか？　それなら外を警戒していることにも説明がつく。

「いえ、強くはないですよ」

「そう……。でも、ひとりで旅をしてるってことは、マジックアイテムのひとつやふたつ持ってるのよね？　もし空を飛べるなら、安全な場所まで送ってほしいんだけど……」

　マジックアイテムというのは初耳だが、それさえあれば空を飛ぶこともできるらしい。女神様は科学のかわりに魔法が発達した世界だと語っていたし、魔法を使うにはマジックアイテムとやらが必須《ひっす》なのだろう。

「残念ながら持ってません」

「そう、持ってないのね……。日が暮れてから見つかったら最悪だし……こうなったら、一《いち》か八《ばち》か王都まで全力疾走《しっそう》するしかないわね……」

　王都か！　それは大都市に違いない。そこでなら職にもありつけそうだ。

「王都まで近いんですか？」

「うーん……。だいたい一〇〇キロくらいね」

「オルテアさんは一〇〇キロも走れるんですか？」

「さすがに無理よ。一キロでへとへとになっちゃうわ」

　サンプルはひとりなので決めつけるのは早計だが、異世界人の身体能力は僕と大差なさそうだ。

　これなら力仕事しか見つからなくてもなんとかなりそう。

「同じペースで走るので、町までお供させてください」

「それは構わないけど……ここを出れば、殺されるかもしれないわよ？」

「なにか危険があるんですか？」

「……近くにウッドゴーレムがいるの」

いわく、オルテアさんは廃鉱山からそう遠くない森のなかでウッドゴーレムに襲われ、死《し》に物狂《ものぐる》いで逃げ、三時間ほど前から小屋に身を潜《ひそ》めているのだとか。ウッドゴーレムは執念深《しゅうねんぶか》く、一五分ほど前にも覗き穴から姿が確認《かくにん》できたらしい。

つまり廃鉱山は極《きわ》めて危険な状況にあり、彼女は僕を救ってくれたわけだ。

「ありがとうございます。おかげで命拾いしました」

「いいわよ、お礼なんて。ていうか、まだ助かってないし……」

たしかに安心できない状況だが、そもそも僕は『ウッドゴーレム』を知らない。

「ちなみに、ウッドゴーレムとは？」

「魔物《まもの》よ。カイトを丸飲みにできるサイズの切り株に手と足が生えてる姿をイメージしてくれたら、それがウッドゴーレムよ」

「……なるほど」

女神様、魔物がいるなんて一言も言ってませんでしたよね⁉

きっと僕に転生を選ばせたくて異世界の魅力だけを語ったんだ。あるいは……好意的に解釈《かいしゃく》するなら、魔物は特筆すべき脅威《きょうい》ではないのかもしれない。

オルテアさんは怯《おび》えているが、地球にも獰猛《どうもう》な獣はいる。そして町があるということは、少なくとも人間を滅《ほろ》ぼすほどの力は持っていないわけで……。

「ふたりがかりでウッドゴーレムに挑《いど》めば、勝機は見えますか？」

「無理よっ！　丸腰《まるごし》でウッドゴーレムに挑んだら秒で殺されちゃうわ！」

秒かー。

「では逃げる一択ですね」

「最終的にはそうするしかないけど……でも、ここにいればひとまず安全よ？」

さっきは王都まで全力疾走しようと語っていたが、まだ覚悟《かくご》は固まっていないようだ。

「だとしても、いずれ餓死《がし》しますから。体力がなくなる前に逃げたほうが生き残る確率は上がりますよ」

ついさっきまで天国行きを望んでいた僕が生に執着《しゅうちゃく》するのも変な話だけど、魔物に食い殺されるのはごめんである。なにより僕を救ってくれた彼女を見殺しにはできない。

「そ、そうね。カイトの言う通りかも」

「決まりですね。では逃げる前に、覗き穴から外の様子を窺ってみましょう」

話がまとまり、僕たちはそれぞれべつの壁穴に顔を近づけ――

「きゃあああああああああああ⁉」

オルテアさんが悲鳴を上げ、突然後退し、僕に体当たりしてきた。

「ど、どうしたんですか？」

「壁！　壁壊《かべこわ》して逃げないと！」

言いながら壁を蹴《け》りつけるオルテアさん。その怯えっぷりから僕が状況を把握《はあく》した次の瞬間、ドアごと壁が砕《くだ》け、木片《もくへん》が飛び散ってきた。

振《ふ》り返ると、屋内に木の枝が侵入《しんにゅう》していた。電柱のような太さのそれは縦横無尽《じゅうおうむじん》に暴れ、瞬《また》く間《ま》に壁を破壊《はかい》していく。

巨大《きょだい》な穴から姿を見せたのは、切り株のバケモノだった。ささくれ立った幹から手足のように枝が伸びている。幹の中心は横に裂《さ》け、そこが口のようになっていた。

これがウッドゴーレムか！

「も、もうだめ……おしまいだわ……」

部屋の隅《すみ》っこに座《すわ》りこみ、オルテアさんがすすり泣く。その間にも、ウッドゴーレムは破壊活動を続けていた。

なにせ高さ三メートルはあろう切り株だ。壁どころか屋根まで破壊しなければ、なかに入れないのである。このペースで破壊されると捕食《ほしょく》条件が満たされるのも時間の問題だが、おとなしく待つつもりはない。

選択肢はふたつ――逃げるか、戦うか。

オルテアさんは走れそうな状態じゃなく、さりとて彼女を背負えばすぐに追いつかれてしまいそう。彼女を見捨て、僕だけ逃げるのは論外だ。

ならば戦う以外に道はない。

まだ実感は湧かないけれど、辞書も引かずに異世界言語をマスターしたんだ。女神パワーが効いているなら、僕はビーム人間になっているはず！

「だいじょうぶです。魔物は僕がなんとかします。オルテアさんは、破片《はへん》から身を守ってください！」

「で、でででもマジックアイテム持ってないのよね⁉」

「持ってませんが、魔法に近いことはできます！」

木片がまき散らされるなか、僕はウッドゴーレムを見据《みす》える。

ビームを出せるように改造すると言われただけで撃ち方《かた》はレクチャーされてないけれど……思い返せば小学生時代、休み時間に塾《じゅく》の宿題をする僕の傍《かたわ》ら、クラスメイトがビームごっこで遊んでいた。そして僕にも混ざれと腕を掴み、ビームごっこに参加させられた。

誰かと遊んだことはなかったので、新鮮《しんせん》な気持ちになったのを覚えている。けっきょく塾の宿題が終わらず、母に怒鳴《どな》られ、二度とビームごっこに混ざることはなかったが……あの動きを再現すれば、当時は出なかったビームを出せるかもしれない。

僕はウッドゴーレムに両手を向けた。手首を合わせ、手を開き――

「――ハァッ！」

気合いを込めて叫《さけ》んだ瞬間、僕の手から青白い光線が放たれた。目が眩《くら》むほどの閃光《せんこう》が迸《ほとばし》るなか、手から『く』の字形に広がった極太《ごくぶと》ビームがウッドゴーレムを飲みこむ。

ジュッ！　と蒸発音を残してウッドゴーレムは消滅するが、ビームの勢いは衰《おとろ》えない。まだ見ぬ敵を求めて一直線に飛んでいく――大地を深々とえぐりつつ、軌道上に存在していた小屋を、岩を、森を消し飛ばしていく。

このまま世界を一周して背中にビームが直撃《ちょくげき》しそうな勢いだ。僕が内心『もういい』と念じると、ビームはふっと消えた。

……ウッドゴーレムは跡形《あとかた》もなく、景観も激変している。

女神様、ビームの威力《いりょく》おかしくないですか⁉　気軽に授《さず》けていい力じゃないですよ！授けるにしても最初に『取扱《とりあつかい》注意《ちゅうい》』って言うべき代物《しろもの》ですよこれ！

軌道上に存在するすべてのものを根こそぎ破壊するビームなんて手に余るけど……正直言うと、いますぐにでも二発目を撃ちたいと思っている。

破壊衝動《はかいしょうどう》に目覚めたわけじゃない。ただ純粋《じゅんすい》に楽しいのだ、ビームを撃つという行為《こうい》が。こんな気持ちになったのは生まれてはじめてだ。自然と頬《ほお》が緩《ゆる》み、唇《くちびる》が笑みの形になるのがわかる。

女神《めがみ》様の言う通り、僕《ぼく》は光線欲に目覚めたらしい。その証拠《しょうこ》に、魔物はもういないのにビームを撃ちたくてウズウズしている。

「す、すごい……すごいすごいっ！　ウッドゴーレムを倒《たお》しちゃった！　しかも、一撃《いちげき》で……！」

オルテアさんの驚《おどろ》くような叫びが響き、そちらを振り向き……

僕は、息を呑《の》む。

外から光が差しこみ、オルテアさんを明るく照らし出していた。

歳《とし》は僕の予想通り、一五、六歳といったところ。くりっとした真紅《しんく》の瞳に、幼さの残る端整《たんせい》な顔立ち。髪《かみ》はグレーのツインテールで、白い肌《はだ》をメルヘンな服が包みこみ——

腰元《こしもと》にはしっぽが、頭部には猫《ねこ》みたいな耳が生えていた。

それを一目見た瞬間、僕の胸の内に欲望が渦巻《うずま》く。思う存分に撫《な》でまわしたいという、欲望が——。

……まさか。

「……それ、獣耳ですか?」

「そうよ。あたし、獣人《じゅうじん》だし」

女神様! この世界には獣人がいるのですか⁉

なのに僕を『獣耳』好きに改造したのですか⁉

三つの言葉のなかで一番まともな『好きなもの』だと思っていたけど、獣人がいるなら話はべつだ。

僕はこれから変態的な衝動《しょうどう》を抑《おさ》えて生きていくことになる。抑えることができなければ、待っているのは獄中《ごくちゅう》生活。

正直、それでもいいから撫でまわしたいほどの魅力があるけれど、欲求を満たすために他人の耳を撫でちゃいけないという自制心が勝《まさ》っている。

それに幸か不幸か、僕には三つの欲求がある。獣耳欲がこみ上げてくるなら、光線欲で上書きしてしまえばいい。

「安全を確認がてら、ビームを撃ってきますね」

「ビームって、さっきのすごい魔法のこと?」

「見るのははじめてですか?」

「あんな魔法見たことないわ。マジックアイテムを持ってないのに、どうしてあんなこと

できるの？」

「信じられないかもしれませんが、そういう体質なんです」

「そうなんだ……」

疑うこともなければ、あきれることもなく、オルテアさんは感心しきりだった。きっと純粋で素直《すなお》な性格なのだろう。

そうして話している最中も、僕はビームを撃ちたくてウズウズしていた。

煙草《たばこ》なんて吸わないのにニコチン中毒になった気分だ。

おかげで命拾いしたし、オルテアさんを助けることができたので、女神様に不満を言うつもりはないけれど。

しかし……街中《まちなか》で光線欲に屈《くっ》すれば大惨事《だいさんじ》だ。いまのうちに欲を満たしたい。ついでに威力をコントロールできるか確かめつつ、応用が利《き》くか試《ため》したい。

「ねえ、あたしもついていってっていい？　ひとりでいるのは怖いから……」

「もちろん構いませんよ」

そばにいられると獣耳を撫でたくなってしまうが、ビームを撃てばそっちに夢中になるはずだ。

僕たちは半壊した小屋を出た。

「確認ですけど、ここって廃鉱山ですよね？」

「うん。昔は金鉱石が採れたみたい。お爺ちゃんが鉱員だった頃は賑わってたらしいわ。

三〇年くらい前に廃《すた》れちゃったけどね」

「そんなところでオルテアさんはなにを？」

「……いろいろあって、発掘《はっくつ》に来たの」

「でも廃山なんですよね？」

「そうだけど、もしかしたら掘《ほ》り忘れがあるかもって……」

オルテアさんは言いよどんでいる。なにか隠《かく》していることがあるようだ。

気にならないと言えば嘘《うそ》になるが、言いづらいなら根掘《ねほ》り葉掘《はほ》り訊《き》く気はない。

「この山にお爺さんとの思い出があったりします？」

「ううん、ないわ」

「そうですか。では――ハァッ！」

びいいいいいいいっ！

さっきと同じ構えでビームを撃つと、青白い光線が放たれた。岩山に直撃すると同時に爆音《ばくおん》が轟《とどろ》き、手を横へ動かすとビームの軌動も変化する。岩山をスライスしつつビームのイメージを変化させると、極太光線が細くなっていく。逆に太くすることもできそうだが、危ないのでやめておこう。

「も、ものすごい威力ね……」

実際、凄《すさ》まじい威力だ。鉛筆《えんぴつ》並みに細くすることもできるけど、貫通《かんつう》力は変わらない。気軽に使えばいずれ誰《だれ》かを巻き込みかねない。

もっと気軽にビームを出せるといいのだけれど……そういえば、趣味になればと映画やアニメを観てたとき、ビームを刀身にした剣《けん》で戦うキャラクターが多数登場したっけ。

剣型のビームを生み出せるなら気軽に光線欲を満たせるし、僕にも同じことができるといいのだが……。

僕は竹刀《しない》を握《にぎ》るような構えを取り、手に意識を集中させる。

すると手元から、光の剣が伸びてきた。ビームだ！　オルテアさんに当たらないように振りまわしてみると、ぶううん、ぶううん、と気持ちいい音が鳴る。岩を斬《き》りつけると、豆腐《とうふ》みたいにスパッと斬れた。断面には焼け焦《こ》げたような跡《あと》がある。

「うわっ！　すごい切れ味ね……。それ、なんて魔法？」

「ビームです」

「えっ？　でも、さっきのビームとは全然違《ちが》うわよ……？」

「これは……そうですね。ビームはビームでも、ソードビームなんですよ」

僕はそう命名した。

最初のビームは破壊力《はかいりょく》がすごいので、デスビームと名付けることに。

どちらも攻撃《こうげき》にしか使えそうにないので、次は守りに応用できるか試してみよう。

空っぽの両手を正面に突《つ》き出して、強力な盾《たて》を思《おも》い描《えが》く。

すると正面にかざした手から、半透明《はんとうめい》のシールドが出た。警察官が使うような長方形のシールドだ。

イメージを変化させると筒《つつ》型のシールドが僕を守り、さらにドーム型に変形することもできた。

これがビームなら防御力《ぼうぎょりょく》も折り紙付きだが、実戦で使う前に性能を確かめておきたい。

「オルテアさん、ちょっと石を投げてみてください」

自由自在に変形するビームを呆然《ぼうぜん》と見ていたオルテアさんにそう声をかけると、彼女《かのじょ》はハッとしてうなずいた。

小石を拾い、少し離《はな》れたところから投石する。

ジュッ！　シールドビームに触れた瞬間、小石が蒸発音とともに消滅する。

デスビームやソードビームと同等の破壊力だ。下手に取り扱《あつか》えば大怪我《おおけが》に繋《つな》がりそう。

あるいは、これは僕が『強力な盾』をイメージしたからで、新たにイメージを追加すれば破壊力を抑えることができるかもしれない。

うん。きっとそうだ。ソードビームだって、握っていたのに僕の手には傷ひとつついてないし。無意識に『柄《つか》を握っても怪我《けが》しない』とイメージできていたからこそ、ビームを握っても無傷で済んだのだ。強力は強力でも、破壊力のない盾をイメージしてみよう。

「もう一度お願いできますか?」

こくりとうなずき、オルテアさんが石を投げる。

シールドビームに触れた瞬間、小石がバチッと弾《はじ》かれた。

やっぱり僕の思った通りだ! イメージしたことをビームで再現できるなら、応用の幅《はば》が広がるぞ!

たとえば……

「わっ! 今度は飛んだわ!」

ジェット噴射《ふんしゃ》のイメージで足からビームを放出すると、僕の身体が一メートルほど宙に浮く。

青みがかった光線が両足から放たれ、一五センチほどのところで途切《とぎ》れている。まるでガスバーナーだ。

噴射を強めると高度が上がる。姿勢制御《せいぎょ》が難しく、玉乗りしている気分だが、なんとかバランスを保てている。左足をそのままに、右足を傾《かたむ》けると、まっすぐに前へ進む。足首を捻《ひね》ると、方向転換《てんかん》もできた。

ジェットビームと名付けよう。これさえあれば町までひとっ飛びである。

光線欲を満たしてすっきりしたところで、僕は地上に舞《ま》い降《お》りた。

「カイトってすごい魔《ま》法《ほう》をいっぱい使えるのねっ！」

オルテアさんが偉《い》人《じん》を見るような目で僕を見る。

実際、ビームの汎用性《はんようせい》は極めて高い。

ビーム人間にされたときはどうなることかと思ったが、異世界生活に欠かせないものになりそうだ。

「お待たせしてすみません。では王都へ行きましょう。道案内を頼《たの》めますか？」

「もちろんいいけど……カイト、あんなに魔法を使ったのに疲《つか》れてないの？」

普《ふ》通《つう》は魔法を連発すると疲労《ひろう》するらしい。

僕は疲れてない。女神様に『好きなだけビームが撃てる身体に改造する』と言われたが、言葉通りに受け取ってよさそうだ。

「平気ですよ。飛んで移動したいので、できればおんぶしたいんですけど……」

両腕《りょううで》に抱《かか》えるという選択肢《せんたくし》もあったが、視界に獣耳がチラつけば意識がそちらに向いてしまう。まだ飛行に慣れてないのだ、集中力を保たなければ。

当然、断られるのも想定している。出会ったばかりの男に身体を押《お》しつけるのは抵抗《ていこう》があって当然だ。しかし。

「いいのっ？　ありがと！」

オルテアさんは満面の笑みだった。助けたことで、僕を信用してくれたらしい。

僕が身を屈《かが》めると、オルテアさんは首に両腕を絡《から》ませつつ、柔《やわ》らかな身体を押しつけてくる。

オルテアさんが舌を噛《か》まないようにゆっくりと上昇《じょうしょう》していき、地上五〇メートルほどで高度を保つ。

廃山を背にすると視界を遮《さえぎ》るものはなにもなく、鬱蒼《うっそう》と生い茂《しげ》る森を越えた向こうには草原が広がっていた。

「王都はどっちですか？」

「あっちよ。あと、敬語はいらないわ。そんなふうに丁寧《ていねい》に話しかけられたら気疲《きづか》れするもの」

知らない大人にタメ口で話しかけられたら怖《こわ》がるだろうと思っていたが、オルテアさんがそう言うのなら敬語は抜《ぬ》きにしよう。

「わかった。じゃあ町に向かうから、落ちないようにしがみついてて」

オルテアさんにタメ口でそう告げると、僕は王都を目指して飛んでいくのだった。

◆

オルテアさんを怖がらせないように緩やかなスピードで飛んでいると、草原の向こうに構造物らしきものが見えてきた。

「あれが王都？」

「ええ。カイトのおかげであっという間だったわっ」

僕としては『あっという間』という感じはしないけれど、道中には山があった。歩いて山を越えるとなると、王都から廃鉱山まで三日はかかりそうだ。

なのに……

「そういえばオルテアさん、荷物は？」

オルテアさんは採掘《さいくつ》道具どころか食料すら持っていなかった。

ツルハシは廃鉱山で手に入ると見越《みこ》していても、食料なしで旅に出るのは無謀《むぼう》すぎる。

「ウッドゴーレムに襲われたとき、リュックを捨てたの。少しでも身軽になりたかったし、リュックに気を取られてくれたから、小屋まで逃げ切ることができたのよ」

「そっか。拾いに戻《もど》る?」

「いいわよ、もう。どうせたいした荷物は入ってないし」

オルテアさんがそれでいいなら、このまま王都へ向かうとしよう。

空の旅を続け、王都上空にたどりつく。

小高い壁に囲まれた、大きな城郭《じょうかく》都市だ。中心部にそびえ立つ城の周辺には木々が茂り、そのまわりを建物が取り囲んでいる。

かなりの規模だが、最初はコンパクトな都市だったようだ。人口が増えるにつれて拡張していったのか、街中にも小高い壁があった。家を造り、壁を建て、家を造り、壁を建て……その工程を繰《く》り返し、王都は三重丸の構造になっている。

王都の奥《おく》には傾斜《けいしゃ》の急な山があり、川が街中を貫通するように流れている。山の麓《ふもと》には田畑が広がり、小麦色に輝《かがや》いていた。

「町に入るには身分証が必要だったり?」

「ううん。いらないわ」

自由に出入りできるなら、立派な壁は不審者《ふしんしゃ》ではなく魔物の侵入を防ぐためのものか。

そもそもマジックアイテムがあれば誰でも空を飛べる世界だ。壁を建てたくらいでは、ならず者は排除《はいじょ》できない。

「オルテアさんは、どこか降りたい場所はある？」

「だったら、あたしの家の近くに降りてくれない？」

「いいよ。どの辺り？」

「あっち。第二区画の西区よ」

「第二区画？」

「ほら、三つの壁があるでしょ？　最初の壁の内側が第一区画で、そこから順番に、第二、第三って数えるの」

なるほど、と相づちを打ちつつ第二区画へ飛んでいき、人通りのない路地に着地する。

「お疲れ様。送ってくれてありがとね。本当に助かったわ」

「どういたしまして。ところでこのあと時間ある？　オルテアさんにいろいろと訊きたいことがあるんだ」

今日中に仕事を探すとして、日払《ひばら》いとは限らない。月給制の仕事しかなかったとして、一ヶ月は何日なのか。給料の相場は？　物価は？

世間知らずが明るみに出れば、ぼったくられるかもしれない。

他人を疑いたくはないが、いま僕が心から信用できるのはオルテアさんだけだ。彼女と別れる前に、生活に必要な知識を身につけたい。

もしかすると予定があるのか、オルテアさんは少しだけ迷うような素振《そぶ》りを見せたが、

「いいわよ。だったら、あたしの家でどう?」

「ありがと。助かるよ」

僕たちは路地を歩いていく。石畳《いしだたみ》の道はところどころが欠けてるが、ゴミは散らばってないし、悪臭《あくしゅう》も漂《ただよ》っていない。女神様の言う通り、衛生的な世界なら、変な病気にかかる心配はなさそうだ。

小さな通りに出ると、白い壁にオレンジ屋根の建物が建ち並んでいた。住宅区だろうか、建物の窓から窓へロープが伸び、色とりどりの洗濯物《せんたくもの》が吊《つる》されている。通りの向こうからお婆《ばあ》さんが近づいてきて、すれ違い様に僕を見て眉《まゆ》をひそめた。

きっとスーツ姿は異世界では珍《めずら》しいのだ。お金はないけど、早く馴染《なじ》めるように服装をあらためたほうがいいかもしれない。

「着いたわ」

オルテアさんが立ち止まった。

三階建ての古びた集合住宅だ。オルテアさんの部屋は二階にあるようで、そちらへ案内してもらう。

「ここよ」

オルテアさんはドアを開け、そのまま部屋に入っていった。どうやらクツを脱《ぬ》ぐ習慣はないようだ。

お邪魔《じゃま》します、とあとに続けば、そこは八畳《じょう》ほどの板張りの部屋だった。キッチン付きだが、風呂《ふろ》とトイレはないようだ。共用だろうか？

家具らしい家具はベッドのみ。その脚もとにはカゴがあり、数枚の衣類が入っていた。服の上には、リンゴが四つ転がっている。

家族と住むには広さも寝具《しんぐ》も足りないし、ひとり暮らしなのだろう。

「リンゴ食べる？」

「ありがと。いただくよ」

オルテアさんがリンゴをふたつ拾い上げ、ひとつを僕に渡《わた》してくる。

かじってみると、シャクッと小気味いい音が鳴る。やや酸《す》っぱめで、ぱさついてるけど、ちゃんとリンゴの味がした。

「それで、あたしに訊きたいことって？」

「王都の物価が知りたいんだ。リンゴって、ひとついくら？」

「店によるけど、そのリンゴは銭貨《せんか》一枚だったわ」

日本円に換算すると、銭貨一枚＝一〇〇円ってところか。

「外食しようとしたら、一食いくらくらいかかる？」

「大衆食堂しか知らないけど……銅貨一枚あればギリギリ足りるかしら。あ、でもお酒を飲むならもっとかかるわね」

銅貨一枚＝一〇〇〇円くらいかな？

「ところで、ここって家賃いくら？」

「月に銀貨四枚よ」

銀貨一枚＝一〇〇〇〇円くらいだろう。

ここまで価値は一〇倍ずつ増えてるし、銀貨の上に金貨があるなら一枚＝一〇〇〇〇〇円ってところかな。

「なるほどね。じゃあ金貨一枚あれば二ヶ月半は暮らせるってこと？」

念のため確認すると、オルテアさんはうなずいた。

「まあ、金貨なんて触《さわ》ったこともないけどね。本当はもっといい部屋に住みたいんだけど、あたしの稼《かせ》ぎじゃここが限界だったの」

「オルテアさんの仕事って？」

「酒場の給仕《きゅうじ》だったけど、先週クビになっちゃって……」

「クビに？」

「酔《よ》っ払《ぱら》いにしっぽを掴まれて、怒鳴ったら店長が『明日から来なくていい』って……」

「そうなんだ……。オルテアさんは悪くないのにね」

「それ、店長に聞かせてやりたいわ。『生意気な獣人はいらない』とか『かわりはいくらでもいる』とか、酷《ひど》いこと言われたもの……」

「それは酷いね……。そんな職場の話はしたくないかもだけど……その店って給料いくらだった？」

「昼から夜中まで働いて、一日たった銅貨五枚よ。しかも休日なんてないし……」

「大変そうだね……。月にいくらくらい稼げてたの？」

「一五〇枚ね」

一ヶ月は三〇日。ウエイトレスの月給は一五〇〇〇〇円か。

僕もそれくらいの稼ぎを得れば、オルテアさんと同じくらいの生活を送れるわけだ。

……気になるのは、オルテアさんの稼ぎがどこへ消えたか。

月に一五〇〇〇〇円を稼ぎ、休日もなかったのに、部屋にはお金を使った形跡《けいせき》がない。

飲食代に消えたのかもしれないが、それにしてはスレンダーだし……もっといいところに住みたいと語っていたので、引っ越し資金を貯《た》めているだけかもしれない。

さておき。

「ありがと。とりあえず、知りたいことはわかったよ」

「どういたしまして。ところで、カイトはこれからどうするの？」

「まずは王都で職探しかな。仕事が見つかるといいんだけど」

「見つかるもなにも、そんなに強いなら冒険者《ぼうけんしゃ》一択《たく》でしょ！」

冒険者にならないのはもったいない、とでも言いたげな口ぶりだ。

冒険者＝探検家なら、僕とは縁遠《えんどお》い職業である。

なにせ探検家といえば、未知のものへの好奇心《こうきしん》が極めて高いひとがなる仕事だから。

だけどオルテアさんは『強いから冒険者になるべき』と言っている。僕がイメージする冒険者とは違うんだ。

「冒険者って？」

「魔物退治を生業《なりわい》とするひとよ。命がけだし、一体倒せば金貨一枚はもらえるわ。ウッドゴーレムの討伐依頼《とうばついらい》を受けていれば、それくらいは稼げてたでしょうね」

「いまから倒したって報告すれば、報酬《ほうしゅう》を受け取れるってこと？」

「う〜ん……それは無理ね。ギルドで依頼《いらい》を受けないとだし、魔物討伐依頼《まものとうばついらい》なら、魔石を渡さないと達成したことにはならないもの」

「魔石って？」

「魔物の心臓よ」

「心臓を渡すのか……。それはグロテスクだね」

「グロくはないわ。魔物って致命傷《ちめいしょう》を受けると一瞬《いっしゅん》で腐《くさ》るんだから。それはそれで気持ち悪いけど……魔石そのものは綺麗《きれい》な石よ」

そう言うと、オルテアさんはもったいないと言いたげに、

「報酬はもらえないけど、ウッドゴーレムの魔石を売れば銀貨五枚にはなってたわね」

「魔石そのものに価値が？」

「ええ。魔法って、魔物の力の再現だから。マジックアイテムを作るには、魔石が欠かせないの」

「オルテアさんは物知りだね。魔物が腐るところを見たことあるってことは、副業として冒険者をしてたり？」

「荷物持ちとしてこき使われただけよ。ほら、あたし獣人だから……」

オルテアさんは自虐《じぎゃく》気味に言った。

「獣人だと、なにか不都合が？」

「魔力がないから、魔法を使えないんだけど……」

一般《いっぱん》常識なのだろう。世間知らずを露呈《ろてい》しすぎたのか、オルテアさんは困惑《こんわく》気味だ。

しかし僕のほうこそ戸惑《とまど》っている。

科学のかわりに魔法が発達したこの世界で、獣人は魔法が使えない……。たとえるなら、電化製品を使えないようなものだ。それはあまりに不便すぎる。

「ほんとに使えないの？」

「本当よ。ほら、見てて」

オルテアさんがキッチンの水栓《すいせん》に手をかざした。

「ほらね」

「ごめん。なにを言いたいのか理解できないよ」

「だったら、ここに手をかざしてみて」

「これでいい？」

「うん。そのまま『水出ろ』って念じてみて」

言われた通りにしたところ、勢いよく水が出た。びっくりして手を遠ざけると、数秒で水が止まる。

まるでタッチレス水栓だが、この世界は科学のかわりに魔法が発達している。とすると水栓はマジックアイテムで、水を生み出す、あるいは水を運ぶポンプの役割をしているのだろう。

……というか、僕にも魔力があるんだ。

ビームはマジックアイテムを必要としないので、魔法に見えて魔法じゃない――魔力を必要としていない。それに女神様は一言も『魔力を授けます』とは言わなかった。

なのに魔法が使えたということは、使う機会はないけれど、地球人にも魔力が備わっているということだ。

僕としては好都合だが、オルテアさんの前で喜ぶことはできない。

「ねえ、もう一回水出してよ」

いいよ、と水を出すと、オルテアさんがグラスに注いでごくごく飲む。

「普段《ふだん》水が欲《ほ》しいときはどうしてるの？」

「川まで汲《く》みに行ってるわ」

「それは大変そうだね……」

「あたしにとってはそれが普通だし、慣れっこよ。でも、あたしと違ってカイトはすごい力を持ってるんだから。カイトならぜったいにお金持ちになれるわよっ」

オルテアさんは僕を妬《ねた》みも僻《ひが》みもせず、純粋にエールを送ってくれている。

本当に優《やさ》しい女の子だ。いろいろと助けてもらったし、別れる前にぜひ恩返しをさせてほしい。

「冒険者になるから、オルテアさんの仕事が見つかるまで生活をサポートするよ」

「えっ？　い、いいわよ、カイトに悪いし！」

「気にしないで。オルテアさんには本当に感謝してるんだ。僕を小屋に招いてくれたし、王都に案内してくれたし、いろんな質問に答えてくれたからね」

「そんなの全然たいしたことじゃないわっ！　冒険者になるならギルドまで案内するけど、それだって見返りがほしくてするわけじゃないからねっ？」

ではなぜ親切にしてくれるのか——なんて質問するだけ野暮《やぼ》だろう。困っているひとを見捨てておけない性分《しょうぶん》なんだ。本当に、異世界で最初に出会えたひとが彼女でよかった。

オルテアさんは遠慮《えんりょ》しているが、やっぱり恩返しはさせてほしい。そしてそのためには、まずはお金を稼ぐ必要がある。

「だったら案内してくれると助かるよ。ギルドは近いの？」

「第一区画だから、飛んでったほうがいいわね」

「そうするよ。もちろん、帰りもちゃんと送るから」

「ありがと。そうしてくれると助かるわ」

話がまとまり、水をグラス一杯《いっぱい》いただくと、僕たちは部屋をあとにした。

◆

ギルドは大通りに面した一等地に佇《たたず》んでいた。

歴史を感じる石造りの建物だ。

オルテアさんと屋内へ入ると、食欲をそそる香《かお》りがした。清潔感のあるギルド内には、食堂が併設《へいせつ》されているようだ。どことなく強者感漂うひとたちが賑《にぎ》やかに食事を楽しんでいる。

「まずはあそこの正面カウンターで登録をして、壁際《かべぎわ》の窓口で依頼を受けるの。ひとりでだいじょうぶそう？」

知識のなさを露呈しすぎたからか、オルテアさんははじめて子どもにおつかいをさせる母のような表情をしている。もっとも、その表情はテレビ番組を通して目にしたもので、勉強漬《づ》けだった僕はおつかいなど任されたことはないが。

「問題ないよ」

「ならいいの。じゃあ、はいこれ」

オルテアさんに銅貨を一枚握らされた。

「登録手数料よ。カイト、お金持ってなさそうだし」

「でも……いいの？」

「気にしないで。助けてもらったんだから、これくらいのことはさせてちょうだい」

「ありがと。本当に助かるよ」

心からの感謝を告げ、正面カウンターへ足を運ぶ。

そして眼鏡をかけた知的な受付嬢《うけつけじょう》さんに声をかける。

「すみません。冒険者になりたいのですが」

「はい。それでは冒険者ライセンスの発行手数料として、銅貨一枚をいただきます」

支払《しはら》うと、受付嬢さんが小さなピンバッジをカウンターに出した。

中心部に『交差する剣』が刻印された、木製のピンバッジだ。

「これはあなたが冒険者であることを証明するものになります。依頼受注の際は必ず目に見えるところにつけるようにしてください。紛失《ふんしつ》された場合は、手数料として銀貨一枚をお支払いいただきます」

一〇倍のペナルティだ。紛失しないように気をつけよう。

スーツの襟《えり》にバッジを挿《さ》すと、弁護士か議員にでもなった気分。身が引き締《し》まる思いだ。

「これは？」

「これで僕は冒険者になれたわけですね？」

「はい。D級への昇級《しょうきゅう》条件を満たされますと、ウッドバッジをストーンバッジに交換《こうかん》していただきます。その際に手数料はかかりませんのでご安心ください」

「D級とは？」

「冒険者には『E級』『D級』『C級』『B級』『A級』――五つのランクがございます。条件を満たされますと昇級となり、より危険度の高い依頼を受けられるようになります」

「なるほど。ちなみにですが、昇級条件とは？」

「E級からD級への昇級条件は、魔物討伐依頼をひとつ達成することとなっております」

冒険者は魔物討伐《まものとうばつ》を生業とする職業だ。魔物《まもの》を倒していけば、DからC、CからBへと昇級できるのだろう。

「ありがとうございます。またわからないことがあれば質問に来ます」

「その際はお気軽にお声がけください」

お互《たが》いに軽く頭を下げ、さっそく窓口へ向かおうとしたところ、

「おー、オルテアじゃねーか！」

ギルド内に柄《がら》の悪そうな声が響《ひび》いた。

声の主は、たったいま食事を済ませたばかりの大柄《おおがら》な中年男性だ。大男に歩み寄られ、オルテアさんは萎縮《いしゅく》している。顔見知りのようだが、親しい仲ではなさそうだ。

「ちょうどいい。まだ食い足りねーんだ。手持ちの金を全部よこせ」

「オルテアさんの知り合い？」

会話に割りこむと、鋭《するど》い眼光を向けられた。先にウッドゴーレムを見ていなければ萎縮していたかもしれないが、彼《かれ》に対して恐怖《きょうふ》は感じなかった。

「いま俺《おれ》がしゃべってんだろうが！　口を挟《はさ》むんじゃねえ！」

「いえ、知り合いかどうかを確認《かくにん》したかっただけです。失礼かもしれませんが、強請《ゆす》っているように聞こえましたので」

「強請りだと？　人聞きの悪いこと言うんじゃねえ！　俺はこいつに金貨一〇枚も貸してんだ。飯代をもらったってバチは当たんねーだろ！」

金貨一〇枚は銅貨一〇〇〇枚分だ。月収銅貨一五〇枚だったオルテアさんにとっては、途方《とほう》もない大金である。なぜそんな多額の借金を抱えることになったのだろう。

「……元々は金貨三枚だったじゃない」

オルテアさんがびくびくしながら、小さな声で反論する。

「いまさらなに言ってやがる。最初に『月末までに返さなきゃ毎月金貨一枚ずつ増やしていく』って説明したじゃねーか」

「返そうとしたのに、店にいなかったじゃない……」

「しつけーな。たまたま出かけてたって説明しただろうが。つーか期限ぎりぎりに返しに来るほうが悪いだろ」

「だ、だって、金貨一枚なんて月末まで働かないと貯まらないし……そ、それにあたしが割った花瓶《かびん》、銅貨五枚で売られてたのに……」

「またその話かよ。そいつは模造品だって前に言ったじゃねーか。うちの店の花瓶は金貨三枚だったんだよ」

三〇〇〇〇〇円の花瓶を壊《こわ》されたにしては、彼はへらへらと笑っている。もしかするとオルテアさんの罪悪感につけこみ、借金を背負わせたのかもしれない。

で、と彼はオルテアさんを睨《にら》みつけ、

「金貨一〇枚、ちゃんと用意したんだろうな？」

「それは……」

「あァ？　してねえのか？　あと三日だぞ！　期日までに返せねーなら、約束通り身体で払《はら》ってもらうからな！」

恫喝《どうかつ》され、オルテアさんが涙《なみだ》ぐむ。どうやら返済の目処《めど》は立っていないようだ。

これでオルテアさんの部屋に私物がほとんどない理由がわかった。給料の大半を返済にあてていたからだ。

しかし毎月金貨一枚が追加されていき、ついに返済期日を言い渡された。

だから金鉱石を掘ろうとしたんだ。職を失い、期日が迫《せま》り、わらにもすがる思いで……。

恩人が困ってるんだ、放っておけない。

「でしたら、今日中に僕《ぼく》が返済します」

「ちょっ、なに言ってるの⁉」

「そうだ！　できねえことを言うんじゃねえ！」

「できます。そのかわり、利子を消して金貨三枚に戻してください。そうしてくれるなら、これを差し上げます」

袖《そで》をめくって腕時計《うでどけい》を見せると、彼は眉をひそめた。

「なんだこりゃ？」

腕時計を知らないらしい。とすると、この世界には時計がない？　太陽を基準になんとなくで生活してるってこと？　だとすると待ち合わせなんかで苦労しそうだ。

「これは以前僕が金貨一〇枚で購入《こうにゅう》した装飾品《そうしょくひん》です」

「これが金貨一〇枚だと……？」

「ええ。奮発しました」

社会人二年目に一〇〇〇〇〇〇円で購入したものだ。

僕が安い腕時計をしているのを見て、上司が『高級時計をつけると人生が変わるぞ』と話しかけてきた。人生に喜びを見出《みいだ》せなかった僕は、それを信じて高級時計を買ったのだ。

けっきょく、退屈《たいくつ》な人生のままだったけれど。

しかし、オルテアさんの人生を変えることはできるはず。

「見てください、これ。針が自動で動くんです。しかも魔法を使わずに」

ぜんまい技術が存在していれば作戦は失敗するが、ここはあらゆるものが魔力を動力源としている世界。ぜんまいを動力とする発想は生まれなかったようで、彼は僕を小馬鹿《こばか》にするように鼻を鳴らした。

「バカ言うんじゃねえ。魔法を使ってねーのに勝手に動くわけねえだろ」

「では証明してみせます」

僕は腕時計を外し、オルテアさんに持たせた。

獣人《じゅうじん》は魔力を持たないはずなのに、秒針は滑《なめ》らかに盤上《ばんじょう》を動いている。

「どうなってんだ、こりゃ……」

よし、食いついたぞ！

「驚《おどろ》くのも無理はありません。これは世界にたったひとつしかない装飾品なんですから。これをお金持ちに見せれば、必ず興味を示すでしょう。きっと金貨一〇枚以上の値がつきますよ」

僕のセールストークに、彼は迷うように時計を見つめる。

あと一押《ひとお》しだ。

「なんでしたら、僕がお金持ちに売って、その利益で借金を返済しても構わないのですが――」

「待て！　急《せ》かすんじゃねえ！　……お前、さっき一日で返済するって言ったよな？」

「ええ。そう言いました」

「だったら、お前の言う通り金貨三枚で構わねえ。――そのかわり、条件がある」

「というと？」

「今日までに金貨三枚を用意できなかった場合、借金は金貨一〇枚のままだ。ついでに、この装飾品はもらってく」

僕にとって重要なのはオルテアさんが解放されるか否《いな》か。借金の額も腕時計の行く末も、たいした問題ではない。

「オルテアさんを借金から解放して、今後借金の返済は僕に迫ると約束するなら――その上で、『今日はこの場にとどまる』と約束するなら、その条件で構いませんよ」

「だ、だめよ！　あたしの借金なのに！」

「てめえは黙《だま》ってろ！　もう交渉《こうしょう》は成立してんだよ！　……お前、名前は？」

「海斗です」

「いいか、カイト。返済できねえからって、オルテアを連れて逃《に》げるなよ？　そのときはオルテアの家族が酷い目に遭《あ》うからな」

「そんなことしたらあんたを殺すから！」

「言ってろ言ってろ。獣人ごときが人間様に勝てるわけねーだろ」

怒《いか》りに嘲笑《ちょうしょう》で応じると、彼は部屋の隅《すみ》っこにあるソファに腰《こし》かけた。

「オルテアさん、家族を人質《ひとじち》に取られてるの？」

「人質っていうか……あたし、最初はあいつの店でお酒を運ぶ仕事をしてたの。ちょっと薄暗《うすぐら》いけどオシャレな店で……あたし、都会に憧《あこが》れて田舎《いなか》から出てきたから……」

「都会っぽい店に惹《ひ》かれたんだね？」

こくりとうなずき、

「でね、まだ一五歳だったから、なにかあったときのために家族がどこにいるのか教えてほしいって言われて……その次の日に花瓶を割って、クビにされたの。ぶつかった感触《かんしょく》はなかったのに……」

それが事実だとすると、なんらかの魔法で花瓶を動かし、オルテアさんが割ったように思いこませたのだろう。実家の場所を知られているため逃げることもできず、借金返済に追われていたわけだ。

そんな苦しい日々も今日で終わり。

「もう心配はいらないからね。僕が必ず返済するから」

「なんでカイトが肩代《かたが》わりするのよ……あたしたち、今日知り合ったばかりなのに……」

「オルテアさんが知り合ったばかりの僕に親切にしてくれたから、その恩返しだよ」

「こんな恩、一生かけても返しきれないわよ……」

恩返しに対して恩返しをする必要はないけれど、オルテアさんは罪悪感に駆《か》られている。これでは借金を返済できても後ろめたさを感じさせてしまう。

だったら僕に申し訳なさを感じずに済むように、対価をもらうとしよう。

「じゃあさ、ひとつだけ僕の頼みを聞いてくれない？　本当に変な頼みなんだけど……」

「あたしにできることならなんでもするわ」

「嫌《いや》なら断ってくれていいけど……オルテアさんの耳に触らせてほしいんだ」

ぽかんとされた。当然の反応だ。

ここから感情がどう分岐《ぶんき》するかが気になるところ。

真っ先に予想されるルートとしては『怒り』か『不快』だが――

「えっと……それだけ？　それだけでいいの？」

自分の魅力《みりょく》に気づいていないのか、遠慮していると思われた。

これでは罪悪感を払拭《ふっしょく》できない。

魅力を説き、相応の対価だと思わせないと。

「遠慮なんてしてないよ。僕はオルテアさんを一目見た瞬間《しゅんかん》から、耳に触《ふ》れたいと思っていたんだ。こんな気持ちになったのははじめてだよ。こんなに素敵《すてき》な耳は見たことがないからね。本当に可愛《かわい》くて――」

「わっ、わかった！　わかったからっ！　触らせてあげるからっ！」

心に秘《ひ》めていた想《おも》いを告げると、真っ赤な顔で叫《さけ》ばれた。

照れているのだとしたら、それは感情が動いた証拠《しょうこ》。僕の気持ちが届いた証拠だ。

「ありがと。触るのが楽しみだよ。オルテアさんの耳、本当に魅力的《みりょくてき》だからね」

「も、もう褒《ほ》めなくていいからっ。それより早く依頼受けないと。ギルドは日が暮れると閉まっちゃうんだから」

初耳だった。

太陽の位置的にあと三時間は日が暮れそうにないけれど、それは地球における話。

こちらの世界の自転速度が地球と同じとは限らないんだ。急いで行動しないと笑えないことになってしまう。

「さっそく依頼を受けてくるよ」

その場にオルテアさんを待たせ、僕は窓口へ向かった。

「すみません。E級冒険者なのですが、一度に金貨三枚を稼げる依頼はありますか？」

「あるにはあるのですが……E級のなかでも難度が高い依頼ですので、おひとりで受けるのはオススメできませんよ」

受付嬢さんが心配そうに言う。

ウッドゴーレムは金貨一枚相当だとオルテアさんは語っていた。金貨三枚稼げる魔物は、単純計算でウッドゴーレムの三倍の強さだ。受付嬢さんの助言通り、仲間を募《つの》ったほうがいいかもしれないが……悠長《ゆうちょう》に勧誘《かんゆう》している時間はない。

それに自分の力を過信しすぎるのは危険だけど、デスビームの威力《いりょく》を考えれば、ウッドゴーレムより三倍強い魔物くらいなら撃破《げきは》することはできるはず。

「問題ありません。金貨を三枚稼げる依頼のなかで、一番近場のものを教えてください」

少々お待ちを、と受付嬢さんがうしろの戸棚《とだな》を漁《あさ》り、こちらになります、と紙を見せてきた。

魔物の手配書だ。

大小様々な岩でできた、ぎりぎり人型に見えなくもない怪物《かいぶつ》が描《えが》かれている。そして、その下には『ロックゴーレム（危険度E・金貨三枚）』『ウォード山地・湖近辺に棲息《せいそく》』などの情報が記されていた。

女神《めがみ》様は言葉だけではなく文字も理解できるように僕を改造したようだ。

「ではこれを。手配書はいただいても？」

「構いませんよ。お名前を教えていただけますか？」

「入江海斗です」

受付嬢さんは分厚い冊子をめくり、僕の名前のうしろに依頼内容をさらさらと書く。

「それでは依頼を達成しましたら、魔石を持ってこちらの窓口へお越《こ》しください」

わかりました、とうなずき、オルテアさんのもとへ。

「ロックゴーレムを討伐《とうばつ》することになったんだけど、ウォード山地ってわかる？」

「わかるわ。案内するわね」

「方角と距離《きょり》を教えてくれればいいよ」

「だめよ。迷子になったら大変じゃない」

オルテアさんには安全な場所にいてほしいが、ひとりで待つのは気が気じゃないはず。僕と一緒《いっしょ》にいたほうが、ハラハラさせずに済みそうだ。

「わかった。お願いするよ」

現場へはふたりで向かうことになり、僕たちはギルドをあとにした。

◆

ウォード山地は王都から一五〇キロくらい北上した場所にあるらしい。

金貨三枚を稼げる一番の近場が一五〇キロ先……。王都近辺に強力な魔物がいないのはなによりだけれど、思っていた以上に遠かった。

転移から現在までの経過時間と太陽の進み具合からして、あと三時間くらいで日没《にちぼつ》だ。往復に加えて捜索《そうさく》にかかる手間を考えると、時速一五〇キロは欲しいところである。

ただ、時速一五〇キロも出したら風圧で身体が大変なことになってしまう。気を失うとビームが消え、ふたり揃《そろ》って急降下――地に叩《たた》きつけられてジエンドだ。

そこで安心安全な空の旅にするために僕がまず生み出したのは、棒型のビームだった。

僕はそれにスティックビームと名を付けた。

サイズは二メートル強。光線だから重さはなく、ソードビームと違《ちが》って殺傷力は皆無《かいむ》である。

僕たちは魔女《まじょ》の箒《ほうき》よろしくビームに跨《また》がり、足から放たれるジェットビームで一直線に目的地へ飛んでいく。

体感時速は二〇〇キロ。ジェットビームの妨《さまた》げにならないように後方は剥《む》き出しだが、前や横は風防として生み出したシールドビームに守られている。

そうして安心安全な空の旅が始まって小一時間、前方に小高い山が見えてきた。そして、その麓《ふもと》にはキラキラと煌《きら》めく湖が。

ウォード山地の湖だ。

スピードを落とし、ゆっくり高度を下げていき、地上五〇メートルほどの高さから湖の上空を旋回《せんかい》する。

湖の周りには草原が広がっている。ロックゴーレムが緑色でなければ見逃《みのが》すことはないはずだ。

「ロックゴーレムって大きさどれくらいだろうね？」

「個体によるわね。あたしが以前見たのは、縦にも横にも二メートルくらいだったわ」

「オルテアさん、ロックゴーレムを見たことが？」

「冒険者の荷物持ちとして同伴《どうはん》したときにね。カイトといるのは苦じゃないけど、あんな仕事は二度とごめんだわ。パーティメンバー全員の荷物を一週間持たされて、報酬は銅貨五枚だったもの」

「もっとくれてもいいのにね。……というか荷物持ちって、移動はどうしたの？」

オルテアさんは自力じゃ飛べない。空を飛ぶには、こうやって誰《だれ》かの力を借りる必要がある。背負われるにしろ、なんらかの乗り物があるにしろ、誰かが荷物持ちを運ぶことになるなら雇《やと》う意味はないのでは？

「徒歩移動よ。荷物持ちを雇うような冒険者って、馬車を借りる予算もなければ、飛行のマジックアイテムを買うお金もないのよ」

いわく、空を飛ぶのに必要なマジックアイテムは目玉が飛び出るほどの額で売買されているらしく、所有者は少ないのだとか。

どうりで王都上空に賑わいがないわけだ。

「一週間で銅貨五枚なら、普通《ふつう》に働いたほうがよさそうだね」

「ええ。食事の面倒《めんどう》は見てもらえるから、魔物に殺されない限り生きていくことはできるけど、普通に働いたほうが全然マシよ。……ただ、まともな仕事を見つけるのも一苦労だから、雑用としてこき使われる獣人も少なくないのよ」

風音に混じり、憂鬱《ゆううつ》そうなため息が聞こえてきた。

オルテアさんは借金から解放されたが、生活苦から抜《ぬ》け出せたわけじゃないんだ。

「だったら僕とパーティ組まない？」

「カイトに荷物持ちは必要なさそうだけど……」

「そうじゃないよ。僕はどこになにがあるのか知らないから、案内役が欲しいんだ」

「場所なら地図を買うか窓口で訊《き》けばいいだけよ。それに今回はたまたまウォード山地を知ってたけど、地理に詳《くわ》しいわけじゃないわよ？」

「それでもいいよ。この際だから正直に言うけど、案内役は建前で、本当はただオルテアさんにそばにいてほしいだけなんだ」

「ど、どうして？」

「オルテアさんに惹かれたからだよ」

光線欲は好きなときに満たせるけど、獣耳《けものみみ》欲はそうはいかない。オルテアさんがそばにいるからといって好きなときに撫《な》でられるわけじゃないけど、近くにいるのといないのとでは気持ち的に全然違う。

オルテアさんがそばにいてくれれば、少なくとも『獣耳欲に屈《くっ》して見知らぬ獣人の耳を撫でてしまうかも』という不安からは解放される。

「あ、あたしにっ⁉　……あたしなんかのどこがいいの？」

「そんなふうに自分を卑下《ひげ》することないよ。オルテアさんは本当に優しいし、素敵な耳を持ってるんだから。誰かに褒められたことはないの？」

「な、ないわよっ。耳を褒めるのって、あたしたち獣人にとっては最上級の褒め言葉《ことば》だし……愛の告白みたいなもので、プロポーズに使うひとだっているくらいなんだから……」

人間が目鼻立ちや体つきを褒められると嬉《うれ》しいように、獣人は耳を褒められると嬉しいらしい。

オルテアさんとは今日知り合ったばかりだ。プロポーズしているわけじゃないことは、言わなくてもわかるはず。純粋《じゅんすい》に最上級の褒め言葉として受け取ってくれるだろう。

褒められて気を悪くするひとはいない。オルテアさんが喜んでくれるのは嬉しいけれど……獣人にとって最上級の褒め言葉になるくらい大切な部位となると、撫でさせてもらうのはかなりハードルが高そうだ。

「カイトは……そんなにあたしの耳が好きなの？」

「大好きだよ。いままで見てきた耳のなかで一番素敵だよ」

「そ、そう、そんなに……。だ、だったら、カイトのそばにいるようにするわ」

「ありがと！　本当に嬉しいよ！」

このままオルテアさんと親睦《しんぼく》を深めていき、耳に触れる関係を築けるように頑張《がんば》ろう！

そうして話をしながらも視線は草原に向けたまま、僕たちは湖の周辺を滑らかに飛んでいく。

ロックゴーレムを見つけたのは、湖を半周ほどした頃《ころ》だった。

雑草の上を、人型に見えなくもない岩が大股《おおまた》で闊歩《かっぽ》していた。地上五〇メートルほどの高さからでも大きさのほどが窺《うかが》える。

「あとは倒《たお》すだけだね。これなら日没に間に合うよ」

「で、でもあれ、かなり大きいわよ。あたしが知ってるロックゴーレムの二倍はあるわ」

オルテアさんは不安がっているけれど、僕にとっては大きいほうが好都合だ。あれだけ大きな的《まと》なら、この距離からでもビームを当てることができる。

ただ、魔石を壊すと報酬がもらえないわけで……。ここから下手にデスビームを撃《う》てば、倒すことはできても魔石まで消滅《しょうめつ》させてしまう。

「前回のロックゴーレム戦では、どうやって魔石の場所を特定したの？」

「特定というか、魔石は心臓だから胸に該当《がいとう》する部分にあるわ。つまり――」

「頭を潰《つぶ》せば手に入るわけだね？」

オルテアさんは、魔物は致命傷を受けると一瞬で腐ると言っていた。心臓を貫《つらぬ》けないとなると、頭部を潰すのが一番だ。

「ええ。問題は硬度《こうど》よ。ロックゴーレムはものすごく硬《かた》いから、生半可な魔法じゃ弾《はじ》かれちゃうの」

「前回はどうやって倒したの？」

「浮遊《ふゆう》で岩を運んで、魔法でガチガチに固めて、ロックゴーレムの頭に落として——その繰《く》り返しで倒してたわ。発見したのは朝だったのに、倒す頃には夕方になってたの」

「根気強い戦法だね」

僕たちにそんな時間はない。とにかく頭を落とせば倒せるんだ。そして僕にはその力がある。

気づかれないように高度を保ったまま、右手にソードビームを生み出した。イメージを伝えると、ぐんぐん伸《の》びていき、五〇メートルほどになる。

さながら如意棒《によいぼう》だ。

棒と違って重さはなく、ソードビームをロックゴーレムの右肩《みぎかた》に近づけ、ひゅっと左へ払った。

ロックゴーレムの首が落ちる。

その瞬間、転がった首と胴体《どうたい》がどろどろと溶《と》け出した。巨体《きょたい》が瞬《またた》く間《ま》に溶解《ようかい》していき、きらりと光るなにかが残された。

「ロックゴーレムを、一撃《いちげき》で……」

唖然《あぜん》とするオルテアさんをそのままに、僕たちは草原に降り立つ。きらりと光るものの正体は、てのひらサイズの水晶玉《すいしょうだま》だった。

ビー玉をイメージしていたが、魔石ってこんなに大きいのか。

「これを素材にしたマジックアイテムは、もっと大きいってことだよね」

「あたしも詳しいわけじゃないけど、一個丸ごと使うことはないと思うわよ。魔石が大きければ大きいほど魔物の力の再現度は上がるけど、魔力が足りなければ発動しないもの」

オルテアさんが言うには、複数人での使用を想定して一個丸ごと使うケースもあるにはあるが、基本的には砕《くだ》いて使うらしい。

「さて、帰ろうか」

僕たちはスティックビームに跨がると、来たときと同じスピードで王都へ引き返した。

◆

空が茜色《あかねいろ》に染まる頃。

僕たちはギルドに帰りついた。

ギルド内には静寂《せいじゃく》が漂《ただよ》っている。食堂では給仕《きゅうじ》さんがのんびりとした動きでテーブルを拭《ふ》き、ソファでは借金取りの大男がいびきをかいて眠《ねむ》っている。

起こす前に換金《かんきん》を済ませることに決め、オルテアさんをその場に待たせてさっきと同じ窓口へ。

僕の顔を見ると、受付嬢さんが戸惑うように目を丸くした。

「……もう討伐を済ませたのですか？」

「はい。これ、魔石です」

カウンターに大きな魔石を置くと、ますます困惑顔《こんわくがお》になる。ほかの窓口の受付嬢さんも、同じような表情で僕を見ていた。

「で、では確認いたします」

戸棚の横に置いてあった電子レンジのような箱に魔石を入れ、受付嬢さんが手をかざす。仕組みはわからないけれど、魔石の主《ぬし》の魔物を鑑定《かんてい》する機能があるようで、

「た、たしかにロックゴーレムの魔石ですね。……討伐するの早すぎません？」

「日没までに討伐したかったので頑張りました」

「あちらで寝《ね》ている方との話は聞こえてましたので、事情は概《おおむ》ね把握《はあく》しておりますが……正直、無理だと思ってました。ずっとハラハラしてたんですよ」

そうそう、ととなりの窓口の受付嬢さんが会話に加わる。

「そろそろ閉館なので本当は起こさなきゃなんですが、放っておくことにしたんです」

「食堂の娘《こ》も聞き耳を立ててたみたいで、わざとゆっくり片づけしてるんですよ。仕事が終わらない限り、ギルドは閉館しませんからね」

食堂を見ると給仕さんがにっこり笑い、ひらひらと手を振《ふ》ってきた。

僕たちのために密《ひそ》かに協力してくれたみたいだ。なんて優しいひとたちなのだろう……。

「ありがとうございます。本当に助かります」

「いえいえ、お礼なんていりませんよ。けっきょく日没に間に合ったんですから」

「本当に早くて驚きました。ベリック様とブラド様も依頼《いらい》達成がスムーズですが、カイト様はそれ以上でしたから」

記録的な早さで依頼を達成したようで、受付嬢さんは少々興奮気味だ。それからハッとすると、

「規則ですので、念のためお名前を確認させてもらっても？」

「入江海斗です」

名簿《めいぼ》を確認して僕の名前を線で消すと、カウンターに金貨と石製のピンバッジを置いた。

「こちらが報酬《ほうしゅう》の金貨三枚とストーンバッジになります」

「ありがとうございます」

ウッドバッジを返却《へんきゃく》し、襟元《えりもと》にストーンバッジを迎《むか》え入れる。これで僕はD級冒険者《ぼうけんしゃ》になったわけだ。

それから金貨を握《にぎ》りしめ、入り口近くで待っていたオルテアさんとソファへ向かった。

すみません、と肩《かた》を揺《ゆ》さぶると、彼は鬱陶《うっとう》しそうに唸《うな》りながら目を開けた。

「……ん？　おお、お前か。ずいぶん早いじゃねーか。諦《あきら》めて戻《もど》ってきたのか？」

「いえ、達成しました」

「……もう達成しただと？　嘘《うそ》つくんじゃねーよ」

「本当ですよ」

金貨を見せると、彼はぎょっと目を見開いた。

「マ、マジかよ……そんなあっさり稼《かせ》ぐ力があるのに、なんでその場で金貨一〇枚払える力がねーんだよ」

「今日冒険者になったばかりですから。それで、約束は守っていただけますね？」

「わぁーってる。これで借金はチャラだ。オルテアにも家族にも絡《から》まねーよ。お前こそ、約束忘れてねーよな？」

覚えてますよ、と金貨と腕時計を渡《わた》す。

「おお、すげえ。マジで勝手に動いてやがる……こりゃぜってー高値で売れるぜっ！」

ニヤついた顔で腕時計を身につける彼に、僕は念のため告げておく。

「しつこいようですが、二度とオルテアさんとその家族に絡まないでくださいね？　約束を破ったら、しかるべき対応を取らせていただきますから」

他人を脅《おど》すようなことはしたくないが、恩人を守るためだ。きつい口調でそう告げると、彼は顔を青ざめさせた。誰かに怖《こわ》がられたことは一度もないが、あっという間に金貨三枚相当の魔物を討伐したという実績のおかげで迫力《はくりょく》が増したようだ。

「わ、わかってるよ。お前に喧嘩《けんか》売るようなマネしないっての」

怯《おび》えたように言って、彼は慌《あわ》ただしくギルドを去っていった。

「よかったね。これでオルテアさんは自由だよ」

「うんっ。ありがとうカイト！」

「どういたしまして。でも、ありがとうは僕の台詞《せりふ》でもあるよ。オルテアさんの耳に触《さわ》ることができるんだから。……もう触っていい？」

「う、うん。いいわよ。好きなだけ触って……」

オルテアさんは撫でやすいようにわずかに顔を伏《ふ》せ、上目遣《うわめづか》いで僕を見る。

「じゃあ、さっそく……」

獣耳の先端《せんたん》をそっと摘《つ》まむと、ふにふにしていた。根元が近づくにつれてコリコリ感が増していくが、人間の耳と違って軟骨っぽさがない。手のひら全体で根元から先端へ滑《すべ》るように撫でてみると、すぐに折れ曲がってしまうので、髪《かみ》を撫でているみたいになる。

ふにふにしたり、なでなでしたりしていると、胸の内に幸福感がこみ上げてきた。頬《ほお》がゆるゆるになっていく。

うん、最高！ ずっと我慢《がまん》してた分、すっきりとした気持ちになった。欲求は満たされたが、いつまでも触れていたい魅力が獣耳には備わっている。

しかしオルテアさんは恥《は》ずかしそうだ。僕が耳に触れるたび、くすぐったそうに身体を震《ふる》わせ、目が合うと赤らんだ顔がますます赤みを帯びていく。

僕は欲求を満たすことに恥じらいは感じないが、他人にデリケートなところを撫でまわされるのは羞恥心《しゅうちしん》が刺激《しげき》されて当然だ。名残惜《なごりお》しいが、そろそろ手を離《はな》さないと……

「ありがと。おかげで満足できたよ。痛くなかった？」

オルテアさんは、小さく首を横に振った。ツインテールとともに獣耳がわずかに揺れ、また撫でたくなってしまう。

「すみませーん、そろそろ閉館になりまーす」

と、受付嬢《うけつけじょう》さんが呼びかけてきた。わかりましたー、と返事をして、僕たちはギルドを

あとにする。

「ねえ、カイトはこのあとどうするの？」

外に出ると、オルテアさんがおずおずとたずねてきた。

「お金がないし、今日は野宿かな」

「だ、だったら……もしよかったら、あたしの家に泊《と》まらない？」

「気持ちは嬉しいけど、僕が一緒で抵抗《ていこう》はないの？」

信頼《しんらい》関係は築けたが、僕たちは男と女。オルテアさんとは倍近い歳の差なので異性では

なく子どものように思っているし、僕は緊張《きんちょう》しないけど、オルテアさんは男がいても平気

なのだろうか。

「カイトは恩人だし……そ、それにあたしの近くにいてくれたら、好きなときに耳を撫で

させてあげられるから……」

えっ？　好きなときに⁉

「い、いいの？　好きなときに撫でて……」

「うん。あたし、カイトに耳を触られるの、嫌じゃないし……なんだったら、ずっと家に

いてくれてもいいけど……どうする？」

「もちろん撫でたいよ！　じゃあ今日から一緒に暮らそう！」

よかった。これで光線欲と獣耳欲は好きなときに満たせるぞ。あとはもうひとつの欲が――『収集』がどうなるかだが、いまのところは疼《うず》かない。

三つの力のうち『光線を出す力』と『獣耳を愛する力』は気に入ったけど、高利貸しがいるこの世界で収集欲に正直に生きると実害が出てしまう。不安がないと言えば嘘になるけど……

ビームを撃ったときも、獣耳に触れたときも、僕は喜びを感じていた。前世ではただの一度も感じることができなかった喜びを。

そう考えると、収集欲に対する不安も薄《うす》れていく。……まあ、いまは所持金がないので、収集欲が疼くと困るけれども。

それでも、これからは楽しい日々を送れそうな予感がした。

《 第二幕　昇級《しょうきゅう》試験 》

　異世界生活が始まってから二週間が過ぎた。

　その日の朝。小窓から差しこむ光に目覚めると、オルテアさんの顔が間近に迫っていた。至近距離で僕の顔を見つめていたオルテアさんは、びっくりしたように目を見開き、

「かっ、蚊《か》が止まってたのっ！」

　頬を朱《しゅ》に染め、慌ただしく立ち上がった。

「また止まってたんだね」

　これで二週間連続だ。この部屋には蚊が頻繁《ひんぱん》に出るらしい。

　それにしては僕は一度も見ていないが、煩《わずら》わしい羽音もなければ痒《かゆ》みもないので気にはならない。

「それにしてもオルテアさんは早起きだね」

「田舎にいた頃は日の出とともに目覚めてたから、早起きが身に染《し》みついてるの」

　オルテアさんは早寝早起《はやね》きだ。僕が目覚める前にパジャマからメルヘンな服に着替《きが》えを

済ませてくれるおかげで、気を遣《つか》わずに済んでいる。

オルテアさんが期待するような眼差《まなざ》しで、僕の顔を見つめてきた。

「ねえ、そろそろ撫でたくならない？」

まるでおねだりしているような口調だった。上目遣いに僕を見つめ、しっぽをゆらゆらさせている。

「ちょうど頼《たの》もうと思ってたところだよ」

「だったら好きなだけ撫でていいわよっ」

さっそく獣耳を撫でさせてもらうと、幸福感が湧《わ》いてきた。

「ねえ、気持ちいい？　気持ちいい？」

「すごく気持ちいいよ！　やっぱりオルテアさんの耳は触り心地《ごこち》が最高だよ！」

「そうっ。ならいいの！」

最初は顔を赤らめてカチコチになっていたオルテアさんだが、最近は慣れてきたのか、撫でられている最中は頬がゆるゆるになっている。おかげで僕は気兼《きが》ねなく、獣耳を堪能《たんのう》できる。

「ありがと。満足できたよ」

「どういたしまして。撫でたくなったらいつでも言ってね？」

「そのときはぜひお願いするよ」

上機嫌《じょうきげん》そうなオルテアさんをベッドに残し、僕《ぼく》はキッチンへ足を運んだ。

キッチンには大小様々なアンティーク調のゴブレットがマトリョーシカのように並び、白磁の水差しにはたっぷりと水が入っている。

ゴブレットに水を注いでいると、オルテアさんが「あたしも飲みたい」とやってきた。

グラスに水を注ぎ、肩を並べて水を飲む。

「ふぅ、美味《おい》しい。カイトのおかげで好きなときに水が飲めるわ」

「力になれてなによりだよ」

「ほんと、カイトには感謝してもしきれないわ。二週間前のあたしにこんな生活が送れるって言っても、ぜったいに信じないでしょうね」

「二週間前のオルテアさんがこの部屋を見たらびっくりするだろうね」

まったりと水を飲みながら、僕たちは部屋を見まわした。

まず目を引くのが、ベッドの横に敷《し》かれたマットレスだ。僕の寝床《ねどこ》である。

オルテアさんはベッドの共有を提案してくれたが、恥じらっているのは火を見るよりも明らかだった。

初日はお言葉に甘《あま》えたが、スペース的にも厳しかったので異世界生活二日目にマットを買った次第《しだい》である。

まずは魔物《まもの》を倒し、金貨一枚を手に入れて、マットを買うため店を訪《おとず》れ——

女神様に授《さず》けられた、第三の欲望が発動した。

ハンガーラックには色とりどりの衣装がこれでもかとかけられ、木箱には食器に香水《こうすい》に装飾品《そうしょくひん》、花瓶《かびん》に短剣《たんけん》に小物入れ、仮面に手鏡に天秤《てんびん》が詰《つ》めこまれ、さながらオモチャ箱の様相を呈《てい》している。部屋の片隅《かたすみ》にはブロンズ像や木像が並び、壁《かべ》には絵画やタペストリーなどが飾《かざ》られている。

この二週間、収集欲に正直に生きた結果がこれだった。

「ごめんね。僕の私物で部屋を圧迫《あっぱく》しちゃって」

「ううん。全然気にしてないわ。雑貨屋にいるみたいで楽しいしっ」

オルテアさんは本当に優《やさ》しい。

だけど、優しさに甘えていてはいけない。なにも考えずに散財を続ければ足の踏《ふ》み場《ば》がなくなり、オルテアさんがつまずいてしまう。

かといって、収集欲に抗《あらが》うことはできない。僕は女神様の力によって、収集欲に正直に生きるように改造されたのだから。

となると、やるべきことはひとつだけ。

「そろそろ引っ越さない？」

「それって、あたしもついてっていいの？」

「もちろん。オルテアさんが嫌じゃなければね」

「ううん。嫌じゃないわっ。むしろあたしも大賛成っ！」

オルテアさんは嬉しそう。

はじめてこの部屋を訪れたとき、『ほんとはもっといい部屋に住みたい』って言ってたくらいだ。僕が引っ越しを切り出すのを待っていたのかもしれない。

「そういうことなら引っ越し資金を工面しないとねっ」

この二週間、僕らは金貨五〇枚以上の稼ぎを得た。そして、そのすべてを使い果たした。江戸《えど》っ子は宵越《よいご》しの銭《ぜに》を持たないと言うが、僕の生き様はまさにそれ。

「ごめんね。使いこんじゃって」

僕は報酬を山分けにするつもりだったが、オルテアさんにそれは悪いと断られたのだ。さらに『大金を持つと怖いから』と財布《さいふ》を僕に預けた。

自分で言うのもなんだけど、大金を持つことより散財されることを怖がるべきだと思う。

なのにオルテアさんは一切《いっさい》気にする風もなく、

「いいって。元々カイトの稼ぎなんだし。それに楽しそうに買い物してるカイトを見るの好きよ。目をキラキラ光らせて、子どもみたいで可愛いもの」

倍近く歳《とし》の離れた女の子に『子どもみたい』と評されるのは社会人男性としてどうかと思うが、そう言ってもらえると気が楽になる。

オルテアさんの言う通り、収集欲に正直に生きるのは楽しい。

前世では給料の使い道がわからず、生活に必要最低限のものしか買わず、部屋は空っぽ、心も空虚《くうきょ》になっていた。

いまは満ち足りた気分だ。

新しいものを買うたびに生活がどう変化するのかとわくわくする自分がいる。たとえばゴブレットがそうだ。水なんて毎日飲んでいるのにグラスからゴブレットに替《か》えただけで新鮮《しんせん》な気持ちになる。花瓶を買ったことで花屋にも行ってみたいと思えるようになったし、食器を買ったことで自炊《じすい》をしてみたいと思えるようにもなった。

収集欲に屈すれば屈するほど部屋は狭《せま》くなっていくが、なんだか世界が広がった気分だ。かつては家と会社の往復という狭い範囲《はんい》で生きていたけれど、買い物という趣味《しゅみ》ができたことで、外出の楽しさを知ることができた。店に入ると必ず欲《ほ》しいものが見つかり、手に入れたときは嬉しくてつい笑顔《えがお》になってしまう。

いまのところ手に入れただけで満足することが多々あるため、無駄遣《むだづか》いのようになってしまうのが悩《なや》みものだけど……このまま収集欲に正直に生きていけば、いつの日か本当に欲しいものが見つかり、なんらかのコレクターになれるかもしれない。

テレビで紹介《しょうかい》されていたコレクターと呼ばれる人々は、本当に幸せそうに日々を生きているようだった。

レコードを集めていたひとも、クツを集めていたひとも、とても活《い》き活きとその魅力について語っていた。いつか僕もそういう夢中になれるものを見つけたいものだ。

ともあれ、これ以上私物が増える前に引っ越したほうがよさそうだ。でないと荷造りで苦労することになる。

「オルテアさんは、住みたい場所とかある？」

「あたしが決めていいの？」

「僕は私物を置くスペースさえあればどこでもいいからね。予算も気にしなくていいから、住みたい場所があれば教えてよ」

「だったら第一区画がいいわっ。部屋からお城が見える生活に憧《あこが》れてたの！」

感覚としては『部屋から東京タワーが見える生活』みたいなものだろうか。都会生活に憧れて田舎《いなか》から越してきたオルテアさんらしい意見だった。

「第一区画か。いいね。ギルドまでの行き来が楽になるよ」

空を飛べばあっという間にたどりつくけど、帰りは意外と大変だ。この町はほとんどの屋根がオレンジ色に染まっているため、上空から見ると家の場所がわかりづらい。王都を訪れた当日に家まで少し歩くことになったのも、オルテアさんが家を見つけられなかったからだ。

それに三十路《みそじ》を目前に控《ひか》えて、太りやすくなってきた。ギルドから一駅分くらい離れた場所に家が見つかれば、いい運動になりそうだ。

引っ越しに前向きな僕とは対照的に、オルテアさんは憂鬱そうにため息を吐《つ》く。

「ただ、第一区画って家賃が高いのよね……」

第二区画以降は人口増加を見越《みこ》して集合住宅が建てられるようになったが、第一区画は一軒家《いっけんや》が多いらしい。

老朽化《ろうきゅうか》した建物を取り壊《こわ》した跡地に集合住宅が建てられることはあるが、オルテアさんのように王都中枢《ちゅうすう》に憧れるひとは少なくないようで、家賃は高く設定されているそうだ。

「いくらくらいするの？」

「壁際の安物件で金貨一枚はするそうよ。日当たりは最悪だし、お城だって壁際からじゃほとんど見えないわ」

王都中心部の城に近ければ近いほど、家賃は値上がりするってことかな。

「そこって間取りはどれくらい？」

「荷物を届けたときにチラッと見ただけだけど、この部屋より一回りは狭かったわね」

六畳《じょう》間で月々一〇〇〇〇〇円は高いけど……東京の一等地に部屋を借りると考えれば、それくらいが妥当《だとう》なのかな？

「というか、宅配の仕事もしてたんだね」

「まあね。一軒届けると銅貨一枚もらえたわ。道を覚えるのに苦労したけど、いままでで一番やりがいのある仕事だったわね」

「どうしてやめたの？」

「しっぽを握られて、怒鳴《どな》ったらクレームが入ってクビになったの」

よくしっぽを握られるオルテアさんだ。

「僕はしっぽを握らないから安心してね」

「カイトは耳が好きだもんね」

オルテアさんはにこやかにそう言うと、逆に、と続けた。

「逆に第三区画の獣人《じゆうじん》街なら、金貨一枚で三倍以上の広さの部屋に住めるわね」

「獣人街があるの⁉」

なんて甘美《かんび》な響《ひび》きなのだろう！　獣耳を愛する力に目覚めた僕にとって、獣人街はこの世の楽園にほかならない。

獣耳とは一口に言っても、種類はひとつじゃない。短毛であったり、長毛であったり、正三角形であったり、二等辺三角形であったり、丸っこかったり、縦長だったり――。

二週間の異世界生活で、僕はいろいろな獣耳を目にしてきた。

撫でることができたのは、オルテアさんの獣耳だけ――短毛で正三角形の獣耳だけだ。

獣人街でご近所付き合いが上手《うま》くいけば、撫でさせてもらえるかもしれない。

「安いからって、獣人街には住めないけどね」

「お城が見えないから？」

「ううん。獣人街って、貧しい獣人が助けあって暮らしてる場所だから。そんなところでこういう生活を送るのって、自慢《じまん》してるみたいに見えるじゃない？」

獣人の過酷《かこく》な境遇《きょうぐう》はオルテアさんから教わったが……彼女《かのじょ》はまだ恵《めぐ》まれているほうで、獣人街にはもっと苦しい生活を送っているひとがいるらしい。

そんなところでお金を持った僕らが暮らせば、嫌《いや》な思いをさせてしまうかもしれない。

獣人街の人々が豊かになれば嫌な思いをさせずに済むが、僕ひとりの力で全員を豊かにするのは不可能だ。大金を稼いでも、分配すればひとりにつき銭貨一枚にもならない。

僕が獣人のためにできるのは、魔物を倒して王都の平和を守ることくらいだ。

「それに獣人街って狭いわりに住民が多いから……あたしたちが大金で部屋を借りれば、誰かが追い出されることになるわ。だから、まともな仕事がある獣人はべつの場所に住むって暗黙《あんもく》の了解《りょうかい》があるのよ」

「なるほどね。そういうことなら引っ越《こ》し先は第一区画に決まりだね」

「嬉しいけど……でも、ほんとにいいの？　カイトの住みたいところでいいのよ？」

「僕はこだわりがないからね。それに好きなだけ買い物させてもらってるんだ。住む場所くらいはオルテアさんの希望を叶《かな》えたいよ」

「ありがとうカイト……。本当に嬉しいわ。あたし、窓からお城を見るのが夢だったの。ロマンチックで素敵《すてき》な生活になりそうね……」

オルテアさんはうっとりしている。

ややあってハッとすると、現実的なことを言う。

「そのためにも貯金しないとね。第一区画の中心近くに広い部屋を借りるとなると、月に金貨五枚は必要よ。引っ越すなら、半年分の家賃代は確保しておきたいわね。もちろん、当面の生活費も」

目標金額は金貨四〇枚ってところか。

僕は毎日依頼をこなしている。D級の依頼を一〇回達成したことでC級冒険者に昇格《しょうかく》し、ブロンズバッジを入手した。より危険度の高い依頼を受けることで報酬は上がり、いまや日給は金貨八枚前後。収集欲にさえ屈しなければ、一週間もあれば目標金額に到達《とうたつ》する。

「さっそく仕事をしないとね」

話がまとまり、リンゴを食べると、僕はハンガーラックから襟《えり》付きコートを手に取った。裏地が赤い、黒のロングコートだ。

いろいろな服を集めたが、こちらの世界の服は生地《きじ》が肌《はだ》に合わないのかチクチクしたり痒かったりしたのでワイシャツは手放せない。細身ながらもストレッチ素材で動きやすいので、スラックスもそのままだ。

ただ、スーツ姿のままだと浮《う》いてしまうため、ジャケットからロングコートに替えつつ、足もとも革靴《かわぐつ》からワークシューズに交換《こうかん》した。

とはいえ、連日のワイシャツ着用。ともすれば汚《よご》れが目立ち、悪臭《あくしゅう》がしそうなものだが、ワイシャツにもスラックスにも染みひとつない。

汚れを落とすイメージでビームを撃ってみたところ、汗染《あせじ》みと汗臭《あせくさ》さが消滅したのだ。

身体にビームを当ててみると、てかてかしていた肌や、べたべたしていた髪の毛は、風呂《ふろ》上がりのような仕上がりになった。

クリーンビームの誕生だ。

清潔な水を使えず、いつも共用風呂の汚れた残り湯で身体を洗っていたオルテアさんは、クリーンビームを大いに喜んだ。

オルテアさんは綺麗《きれい》になるし、僕は光線欲を満たせるし、いいこと尽《ず》くめだ。

……ビームのことを考えたらウズウズしてきた。

「お待たせ。行こうか」

普段着《ふだんぎ》に身を包み、オルテアさんと青空の下に出ると、僕はさっそく光線欲を満たすのだった。

◆

僕たちはギルド前の大通りに降り立った。

まだ朝早いからか人通りはまばらだ。これが昼になると大通りは賑《にぎ》わいに包まれ、僕は蜜《みつ》に誘《さそ》われる蝶《ちょう》のようにふらふらと店に入ってしまう。

今日からは我慢だ。自制心を働かせて引っ越し資金を貯《た》めてみせる！

そう決意しつつギルドに入ろうとしたが、足が止まってしまう。ギルド外壁《がいへき》の端《はし》っこに、遠慮《えんりょ》がちに佇《たたず》む獣人を見つけたのだ。

八歳くらいの獣人娘《じゅうじんむすめ》だ。うさぎのような長い耳は目にしたことがあるが、ぺたんと垂れ下がった耳は初見である。ぜひとも撫《な》で心地を確かめたい！

ロップイヤーに熱い眼差しを向けていると、視線が交わる。きょろきょろまわりを見て、自分が見つめられていることに気づくと、意を決したように駆《か》け寄ってきた。

「あ、あのっ！　お花っ……い、いりませんか？」

上擦《うわず》った声でそう言うと、花入りのバスケットを見せてきた。

花屋の店先に並んでいるような立派な花じゃなく、公園の片隅に咲《さ》いてそうな小さな花。きっと石畳《いしだたみ》の隙間《すきま》に咲いているものを摘み、売り歩いているのだろう。

「あるだけちょうだい」

断じて収集欲に屈《くっ》したわけじゃない。僕はただ純粋に獣耳《けものみみ》を愛《め》でたいのだ。親睦を深め、お得意さんになることで、上手くいけば撫でさせてもらえるかもしれない。

「ぜ、全部ですか!?」

「迷惑《めいわく》だった？」

女の子がぶんぶんと首を振り、嬉しそうに顔を輝《かがや》かせた。

「迷惑じゃないです！　売りたいです！」

「よかった。全部でいくら？」

「えっと、五つで銭貨一枚だから……」

多く見繕《みつくろ》ってても銅貨一枚ってところだが、まるで大金を得たかのようなニコニコ顔で、花をひとつひとつ数え始める。

オルテアさんがコートをくいっと引っ張り、

「ねえ、買うのはいいけど、お金はどうするの？」

僕としたことが、昨日の散財で所持金が尽《つ》きたのに全部買うなどと言ってしまった。

「あっ、そっか……」

「お金、ないんですか……？」

女の子が夢から覚めたように悲しげな顔で見上げてきた。

ごめんね、と謝《あやま》るのは簡単だけど、小さな子どもにこんな顔をさせたまま別れることはできない。夢を見せた責任は取らないと。

「これから稼ぐところなんだ。きみ、いつまでここにいるの？」

「家族みんなのパン代が稼げるまでです」

獣人が貧しい生活を送っているのは知っていたが、まだ一〇歳にも満たない子どもまで働かざるを得ないんだ。

魔物さえいなければ獣人集落で畑を耕して生きていけるけど、それはできない。魔物に襲《おそ》われればひとたまりもないからだ。少なくとも王都にいる限りは、外敵に怯えずに生活できる。

つまり獣人たちは『魔物』と『空腹』を天秤にかけ、後者を選んだわけである。

しかし、だからといって『甘んじて空腹を受け入れるべき』とは思わない。

「昼過ぎには戻るから、それまでここにいてくれる？　退屈《たいくつ》だったら、花を摘んできてもいいよ。あるだけ買うから」

「ほ、ほんとですか⁉」

嬉《うれ》しそうに顔を輝かせる女の子。

本当だよ、とほほ笑《え》むと、僕にぶんぶん手を振って、彼女は花を摘みに駆けていく。

「ごめんね。引っ越し資金を貯めるって決めた矢先にこれで」

「ううん。すごくいいお金の使い道だわ。あの娘《こ》のためにも早く依頼をこなさないとね」

「だね」

僕たちはギルドへ足を踏み入れた。さっそく窓口へ向かうと、この二週間で顔馴染《かおなじ》みになったからか、受付嬢さんが親しげにほほ笑みかけてきた。

「お待ちしておりました。本日はカイト様に大切なお知らせがあります」

「大切なお知らせ、ですか？」

「Ｂ級への昇級試験についてです」

教わったわけではないが、ランク制度については知っている。ギルド内の食堂で食事をしていると、冒険者たちのそういった会話が聞こえてくるのだ。

冒険者に『Ｅ級』『Ｄ級』『Ｃ級』『Ｂ級』『Ａ級』とランクがあるように、依頼にも『危険度Ｅ』『危険度Ｄ』『危険度Ｃ』『危険度Ｂ』『危険度Ａ』とランク付けされている。

つまり昇級試験に合格すれば、今後は危険度Ｂの依頼を受けられるようになるわけだ。

「すごいわカイト！　もうＢ級だって！」

「本当にすごいことですよっ。Ｂ級の昇級試験を受ける条件は、危険度Ｃの依頼を五件、安定してこなすことですので。一度でも失敗、あるいは苦戦が窺《うかが》えると振り出しに戻ってしまうのです。かれこれ一〇年受付嬢を務めておりますが、Ｅ級からたった二週間でＢ級への切符《きっぷ》を手にした方ははじめてですっ！　ベリック様で六ヶ月、ブラド様ですら一ヶ月かかったと伺《うかが》っておりますから」

オルテアさんと受付嬢さんが興奮気味に語っているが、正直なところすごいことをしたという実感は湧いてこない。僕はただ欲求を満たしているだけだ。

「昇級試験には報酬が出るのでしょうか？」

「もちろん出ます。試験と銘打《めいう》ってはおりますが、カイト様には危険度Ｂの依頼を受けていただきますので。当然、相応の報酬はお支払《しはら》いします」

よかった。それなら花売りの女の子との約束を守れる。

僕が安心する傍《かたわ》ら、オルテアさんがおずおずと言う。

「危険度Ｂの依頼って……？」

少々お待ちを、と受付嬢さんは戸棚《とだな》を漁《あさ》り、こちらになります、と手配書を見せてきた。

サーペントという名称《めいしょう》の、キングコブラに似た魔物だ。危険度はＢ、報酬は金貨三〇枚。

棲息地《せいそくち》はヌメール湿原《しつげん》・沼地《ぬまち》周辺と記されている。

「報酬額《ほうしゅうがく》が桁違《けたちが》いですね」

「それだけ強いってことよ……単純計算で、ウッドゴーレムの三〇倍もね」

オルテアさんが青ざめた顔でそう言うと、受付嬢さんが深刻そうな顔で、

「お連れ様の仰《おっしゃ》る通り、サーペントは極《きわ》めて危険な魔物です。水牛を丸飲みにするほどの巨体《きょたい》でありながら俊敏《しゅんびん》で、かすっただけで死に至る毒牙《どくが》を持ち、鉄の硬度《こうど》を誇《ほこ》る鱗《うろこ》からは毒液が漏《も》れ、それに触《ふ》れると数時間は動けなくなってしまいますから」

サーペントはもちろん、湿原自体が危険に満ちているということだ。一見ただの湿原に

見えても、毒が付着している怖《おそ》れがあるから。

「ど、どうするの、カイト？　あたしはべつにいままで通り、危険度Cの依頼を続けてもいいと思うわ……」

危険度Bに比べるとローリスク・ローリターンだが、一度の依頼で金貨八枚前後稼げるのは、オルテアさんにしてみればハイリターンだ。危険度を変える必要はないと言いたくなる気持ちはわかる。

だけど、僕としては昇級試験に挑《いど》みたい。出世欲はないけれど、報酬額が桁違いなのは魅力的《みりょくてき》だ。引っ越し資金も早く貯まるし、急な収集欲にも対応できる。

もちろん安全が第一なので、僕のビームが通用しないようなら、今後は危険度Cを維持《いじ》するけれど。

その旨《むね》を伝えると、オルテアさんは「カイトがそう言うなら」とうなずいてくれた。

「確認《かくにん》ですが、おふたりはパーティなのですよね？」

「そうですよ」

「でしたら最低あと一名、お仲間を見つけていただく必要があります」

「三人以上でないと受けられないんですか？」

「はい。規則ですので」

受付嬢さんは申し訳なさそうに事情を説明してくれた。

いわく、危険度Cに設定されている魔物は、人間が単独撃破《げきは》できる限界らしい。それを超《こ》えると個人の魔力《まりょく》では通用しなくなるとされており、安全のためB級だと三人以上、A級だと五人以上での行動が義務づけられているのだとか。

以前オルテアさんは『複数人での使用を想定して作られたマジックアイテムがある』と語っていた。それは危険度B以上の魔物を討伐《とうばつ》するために生み出されたものだったのだ。

金貨三〇枚とはいえ山分けとなると稼ぎは減るが、危険度Cの依頼《いらい》を続けるよりは早く貯まる。

「では仲間を見つけて再訪します」

「はい。お仲間でしたら、あちらの掲示板《けいじばん》を確認するのがよいかと」

言われて、壁際の掲示板へ。そこには仲間募集《ぼしゅう》の張り紙がぺたぺたと貼《は》られていた。

「希望があるなら聞くよ」

「できれば女のひとがいいわ。いつも通りの移動をするなら、うしろからしがみつかれるわけだから」

希望条件を聞き、掲示板を確認する。

名前とランクと仲間に求める条件は書かれているけど、自身の性別を記しているひとはいなかった。『花子』や『太郎《たろう》』なら見分けもつくが、『コロネル』や『レストス』では性別はわからない。

あるいは、現地人ならわかるかも。そう期待してオルテアさんを見ると、彼女は一枚の張り紙をじっと見つめていた。

「見つけたの？」

「見つけたというか、気になるものがあって……」

オルテアさんが一枚の紙を指さす。

フリーゼさんからの勧誘《かんゆう》だった。ランクはＤ級で、性別は不明。オルテアさんが興味を持ったのは、フリーゼさんが仲間に求める条件だ。

そこには『魔物と戦う意思を持つ、勇猛果敢《ゆうもうかかん》な獣人を強く求む！』と熱いメッセージが添《そ》えられていた。

獣人は魔法を使えない。なのにフリーゼさんは獣人を勧誘している。考えられる理由としては――

「このフリーゼってひと、きっと獣人ね」

「オルテアさんもそう思う？」

「ええ。だって、それ以外に獣人を仲間にする理由がないもの。荷物持ちとして雇《やと》うならわかるけど、このひとは獣人を戦力として見てるみたいだし」

　荷物持ちとして安くこき使われるくらいなら獣人同士で手を組もう――。リスクは跳《は》ね上がるが、リターンを考慮《こうりょ》すると、そうしたがる獣人がいてもおかしくない。

「フリーゼさんにしてみようか？」

　僕はフリーゼさんが求める人材じゃないけれど、オルテアさんは獣人だ。パーティ内に獣人がいるとわかれば、話くらいは聞いてもらえるはず。

「そうね。ええと、待ち合わせ場所は……ここね」

　待ち合わせ場所は『王都ギルド内の食堂（朝）』と書かれている。

　いまのところ食堂内に獣人の姿は見当たらない。

　すでに勧誘を終え、張り紙を剥《は》がし忘れているだけの可能性を考慮しつつも、しばらく掲示板の前で待つことにした。

　ギルドに獣人が訪れたのは、それから間もなくのことだった。

　歳は一六、七といったところ。凜《りん》とした顔つきで、青みがかった髪は腰《こし》に届くくらいの長さだ。身体にぴったりと密着する衣装を纏《まと》い、マントケープから白い太ももを覗《のぞ》かせている。その腰には重そうな長剣《ちょうけん》が携《たずさ》えられていた。

　そして腰元《こしもと》には青いしっぽが、頭部には長毛で二等辺三角形の獣耳が――

――撫でたい！

獣耳欲が疼き、自然と足が動きだす。

「失礼。フリーゼさんですか？」

呼びかけると、食堂へ向かおうとしていた彼女はぴたりと足を止めた。

「なぜ私の名を？」

「掲示板を確認しまして。フリーゼさんには、ぜひ僕のパーティに入ってほしいんです」

じろり、と疑いの眼差しを向けられた。

「おおかた雑用としてこき使うつもりだろうが、私は人間に従うほど弱くない。なぜなら私はオーガにとどめを刺《さ》した実績を持つのでな！」

「それはすごいですね。魔物はその剣で？」

うむ、と得意気にうなずき、剣の柄《つか》を撫でながら、

「酔《よ》っ払《ぱら》っていた大男との賭《か》けで手に入れたものだ。腕相撲《うでずもう》に勝てばマジックアイテムの剣を譲《ゆず》る――負ければ一年間無給で荷物持ちをする、という賭けでな」

「その剣、マジックアイテムなんですね」

「そうらしい。魔力を流すことで振動《しんどう》し、切れ味が増すのだと語っていた。振動せずとも、私の手にかかればオーガなどいちころだがな」

「ぜったい盛ってるでしょ。オーガって危険度Dの魔物じゃない。獣人が勝てるわけないわよ」

「単独で倒《たお》したのではない。疲弊《ひへい》した人間たちが私にも戦えと無茶《むちゃ》ぶりをしてきたので、とどめを刺したまでだ。背中にぶすりとな。だが人間どもは感謝するどころか私に帰りの荷物を持たせ、報酬《ほうしゅう》は銅貨五枚だったのだ。だからもう二度と人間とは組まない」

「あたしも荷物持ちとしてこき使われた経験があるから、あなたの気持ちはわかるけど、カイトはほかの人間とは違《ちが》うわ。ぜったいに獣人をこき使ったりしないわよ」

フリーゼさんが獣耳をぴくりとさせる。

あぁ可愛《かわい》い。撫でたくてウズウズしてきた。

「カイトというと……噂《うわさ》のカイト殿か？」

「僕を知ってるんですか？」

「噂になっていたのでな。破竹の勢いで魔物を狩《か》り続けている男がいると。そんな強者が、なぜ私を必要とする？」

「昇級試験として危険度Bの依頼を受けることになったからです」

「私を危険度Bの魔物と戦わせるつもりなのか⁉」

「いえ、戦うのは僕ひとりです」

フリーゼさんが安心したようにため息を吐く。

「そ、そうか……。ならばやはり荷物持ちを？」

「見ての通り、僕らに荷物はありませんよ。ただ、危険度Bは三人以上で組む必要があるので、フリーゼさんに声をかけた次第です」

「ただの数合わせなら誰《だれ》でもいいだろうに、なぜ私なのだ？」

「あたしが言ったのよ。つれていくなら女のひとがいいって。それにあなたも獣人なら、これがお金を稼《かせ》ぐチャンスだってことくらいわかるでしょ？」

「いくらなのだ？」

「報酬は金貨三〇枚で、きっちり三等分します」

「で、では一〇枚ももらえるのか⁉　ついていくだけで⁉　……私を騙《だま》すつもりでは？」

「カイトはそんなことしないってば！　あたしがこき使われてないのがその証拠《しょうこ》よ！」

心外そうなオルテアさんに、フリーゼさんは納得顔《なっとくがお》だ。

「た、たしかに……ではついていくだけで金貨一〇枚ももらえるわけか……。だ、だが、危険度Bか……いやしかし、私が戦うわけでは……そ、それでも危険な旅には変わりない

「……」

「ぶつぶつ言ってないで、決めるなら早くしてよ」

「そ、そう急《せ》かすなっ。危険度Bなのだぞ？　一度家に持ち帰り、ゆっくり考えてもいいくらいだ。……しかし、これでは興奮して眠《ねむ》れそうにないな。今夜は徹夜《てつや》になりそうだ」

「持ち帰らないでよっ！　あたしたち、今日中に依頼をこなしたいんだから。それとも、もしかして怖《こわ》いの？　勇猛果敢な獣人求む、とか書いておきながら」

「怖くない！　全然！　ちっとも！　私は勇敢なので引き受けるぞ！」

勢いで決めると後悔《こうかい》するのが世の常だが、やらずに後悔するよりやって後悔するほうがいいという言葉もある。それにどのみちフリーゼさんを後悔させるつもりはない。

受付嬢《うけつけじょう》さんにパーティ結成を伝え、昇級《しょうきゅう》試験を正式に受けると、僕たちはギルドを出た。

「さあ行くぞ！」

そして地図を広げていると――

「ちょっと、どこ行くつもり？」

歩きだそうとしたフリーゼさんを、オルテアさんが呼び止める。

フリーゼさんはきょとんとして、

「船着き場に決まっているだろう。まずは船で川を下り、ふたつの町を越えるのだ。可能なら馬を借りたいところだが……予算の都合がつかないようなら、私は徒歩でも構わんぞ。なぜなら野宿も怖くないから！」

この世界では電車のかわりに船が長距離《ちょうきょり》の移動手段だ。王都を貫通《かんつう》して流れる川は隣町《となりまち》ひいては隣国《りんごく》とも繋《つな》がりを持ち、ひとや物資を運んでいる。

乗船したことはないが、船にはなんらかの魔石が内蔵されているようで、帆《ほ》を張らずにかなりのスピードで走っているのを上空から見たことがある。

もちろん、ビームのほうが速いけど。

「湿原へは飛んで向かいますよ」

「ええ!?　私も飛べるのか!?」

とても嬉しそうなフリーゼさん。一度でいいから空を飛びたいと思っていたみたい。

「普通《ふつう》の飛行とは違うと思いますから、もしかすると怖いかもしれませんが――」

「怖くない！　私は勇敢な獣人なのだ！」

強がってるように見えなくもないけれど、指摘《してき》すればご機嫌斜《きげんなな》めにさせてしまう。

地図で目的地を確かめて、スティックビームを生み出すと、僕とオルテアさんはそれに跨《また》がる。

ちなみにスティックビームは、この二週間で改良している。細い棒に一時間も二時間も跨がると股間《こかん》が痛むので、丸太のような太さにしてみた。

「フリーゼさんはオルテアさんのうしろに跨がってください」

「落ちないように、しっかりしがみつくのよ？」

「う、うむ。わかった」

長さ二メートル、幅《はば》三〇センチほどの光線に、フリーゼさんはおっかなびっくりお尻《しり》を落ち着ける。これにて準備完了《かんりょう》だ。

前方にシールドビームを展開しつつ、足もとからのジェットビームで上昇《じょうしょう》する。高度を上げていき、地上一〇〇メートルに達すると、フリーゼさんが騒《さわ》ぎ始めた。

「うわわわわ！　高いところにいる！　思ったより高いところにいる！」

「ちょっ、ちょっと！　騒がないでよ！　揺《ゆ》れるじゃない！」

「め、面目《めんぼく》ない！」

「んぐっ……！　い、いきなり強く抱《だ》きしめないで！　びっくりするじゃない！」

「し、しかし、しっかりしがみつけと言ったのはオルテア殿ではないかっ！　カイト殿も聞いていただろう⁉」

「そう言ってましたね」

「ほら！」

「だからって強く締《し》めつけすぎよ。怖がる気持ちもわかるけど――」

「怖くない！」

「嘘《うそ》よ！　ぜったい怖がってる！　だって騒いでるじゃない！」

「だ、だって仕方ないではないかっ！　怖いのだから！」

「あっ、ほら怖いって言った！」

「言ってない！　私は全然怖くない！」

今回の旅はとても賑やかになりそうだ。

◆

標高五〇〇メートルほどの山を越えると、湿地帯《しっちたい》が見えてきた。

緑広がる湿原には、大小様々な沼《ぬま》が点在している。

手配書には『沼地周辺』と情報が記されていたけれど、こんなにたくさん沼があると、どこにいるのかわからない。これは根気が試《ため》されそうだ。

ともあれ。

「ヌメール湿原に到着《とうちゃく》だね」

「も、もうたどりついたのか？　……おお、本当に湿原にいるぞ！」

「怖くて目を瞑《つぶ》ってたのね」

「瞑ってない！　ただちょっと長い瞬《まばた》きをしていただけだ！」

フリーゼさんは途中《とちゅう》までは景色にリアクションをしていた。山越《やまご》え辺りから急に静かになったので、急上昇《きゅうじょうしょう》したのが怖かったのかも。

「けっこうスピード出したけど、気分はどう？　酔ってない？」

僕《ぼく》はタメ口で話しかけた。

二時間ほどの空の旅――道中に会話をしていたところ、「丁寧《ていねい》な口調で話しかけられると落ち着かないから砕《くだ》けた口調で構わんぞ」と言われたのだ。

「平気だ。飛ぶのにも慣れてきたし、もう怖くないぞ」

「ほら、やっぱり怖がってた」

「最初から楽しかった！　私はとても勇敢なのでなっ！　早くサーペントと相見《あいまみ》えたいものだ」

「そうね。だったら協力して探さないとね。遠くまで見渡《みわた》せるように高度を上げたほうがいいかしら」

「ええ!?　高度を上げる!?」

「高く飛びすぎると小さく見えて逆に見つけづらいかもだし、高度を落としたほうがいいかもね」

「ええ⁉　高度を落とす⁉」

「あなたはどうしてほしいのよ……」

「私は現状維持派だ。これ以上高度を上げるのはアレだし、高度を下げればサーペントに捕食《ほしょく》されかねないのでな」

「どうするカイト？」

　フリーゼさんに気を遣《つか》ったのか、高度を上げたくない理由については深掘《ふかぼ》りすることはなく、オルテアさんは僕に判断を委《ゆだ》ねた。

「高度を保つよ。この高さからでも水牛は確認できるからね」

　沼地には水牛の姿が散見できる。サーペントの全長はわからないけど、あれを丸飲みにできるなら、かなりのビッグサイズだ。この高さでも姿は視認《しにん》できるはず。

　僕が前方、オルテアさんが右方、フリーゼさんが左方を担当することになり、ジェットビームでまっすぐに飛んでいく。

　最初にサーペントを捉《とら》えたのは、僕だった。

　大きな沼から巨体が這《は》い出たような痕跡《こんせき》を見つけたのだ。

雑草が押《お》し潰《つぶ》されるようにしてできた黒い線が、遠くまで続いている。そして線を追いかけると、大蛇《だいじゃ》がずりずりと這っていた。

水牛どころかトラックさえ丸飲みにできそうな大蛇だ。サイズ的には新幹線に近い。これまで見てきたなかで最もスケールが大きい魔物《まもの》だった。

「あ、あれが、サーペントか……」

「さ、さすがB級、いままでの魔物とは大違《おおちが》いね……」

「あんなバケモノ、いったいどうやって倒すのだ……？」

「そもそもサーペントって、魔石はどこにあるのかしら……？」

「たしかに二足歩行の魔物と違い、あれでは魔石の場所がわからんな……」

魔物にとって魔石は心臓。僕が知ってる心臓と違って臓器感はないが、魔物なのだから臓器の形状は違って当然。

大事なのは、魔石の役割だ。

魔物にも血は流れているので、魔石が心臓なら身体中《からだじゅう》に血液を循環《じゅんかん》させる役割を持っていると考えていい。

サーペントは魔物であり、見た目はヘビに酷似《こくじ》している。

僕が小学生の頃《ころ》に通っていた塾《じゅく》の講師は時折話を脱線《だっせん》させて雑学を語っていた。そして血液の働きに関する授業中、ヘビの心臓の位置についてクイズが出された。

いわく、ヘビは生きている環境《かんきょう》によって頭と心臓の距離《きょり》が異なるらしい。

木登りするヘビは重力に逆らうことになるため心臓の位置は頭に近く、逆に水中に棲息《せいそく》するヘビは心臓が頭から離《はな》れていても血液を送ることができるそうだ。そして平地に棲息しているヘビは、その中間に心臓があるのだとか。

湿原にサーペントが登れそうな大木はなく、沼はあるもののサーペントは水中を拠点《きょてん》にしているとは思えない大きさだ。

つまりサーペントは平地で生きるヘビであり――

「いままで通り、首を切り落とすよ」

どこからどこまでが首なのかはわからないが、頭部を落とせば魔石を傷つけずに討伐できる。

「し、しかしだな、切り落とすと簡単に言うが、あの太さの首を切るのは不可能だぞ！　それに近づけば食べられてしまうっ！」

「平気だよ。まあ見てて」

地を這うサーペントを追いかけ、首元にたどりついたところで、右手にソードビームを生み出した。

ひゅんとはねる。

如意棒《にょいぼう》のようにぐんぐん伸《の》び、一〇〇メートルほどの長さになると、サーペントの首を
鉄の硬度だと聞いていたが、豆腐《とうふ》のようにすぱっと斬《き》れた。

僕らの存在に気づくことなく絶命したサーペントは、次の瞬間《しゅんかん》にどろどろと溶《と》け出した。

鱗が溶け、肉が溶け、骨が溶け、完全に消滅《しょうめつ》してしまう。

「なっ⁉　サーペントを、一瞬《いっしゅん》で……⁉」

「カイトのビーム、B級にも通用するのね……」

「これなら危険度Bの依頼もいままで通りこなせそうだね」

「い、いままでの魔物も、さっきみたいに一瞬で倒したのか？　どうりで破竹の勢いだと
噂になるわけだ……。オーガを倒して得意がっていた自分が恥《は》ずかしい」

「それは恥ずかしがることじゃないよ。僕はビームが撃《う》てるから倒せるだけだしさ。生身
だったら魔物と戦うとか無理だから。フリーゼさんは本当に勇敢だし、すごいと思うよ」

「そ、そうか……。そう言われると、これからも得意がっていい気がしてきた……」

「得意がるのはいいけど、そろそろ魔石を探さない？」

そうだね、と相づちを打ち、地上三メートルほどまで高度を下げる。

頭部があったところから一〇メートルくらい進んだ先に、きらりと光るものが転がって

いた。ソフトボールサイズの魔石である。

「そ、そうだ！　サーペントには毒があるのだろう？」

「い、言われてみればそうね。素手《すで》で拾うと毒に冒《おか》されちゃうわ……」

「心配ないよ。ちゃんと浄化《じょうか》するからね」

僕はスティックビームに跨がったまま、湿原にクリーンビームを放つ。

クリーンビームは泡《あわ》をイメージしたバブルシャワーだ。シャボン玉のような気泡《きほう》を散布すると、僕たちは地に降り立った。魔石を拾い上げるが、身体はぴんぴんしている。

「触れても平気なのか？」

「なんともないみたい」

「クリーンビームって、毒にも有効なのね」

「あらゆるものを清潔にするビームだからね」

「サーペントの毒を消すとは……本当にカイト殿はすごいな」

「ありがと。剣で魔物に立ち向かうフリーゼさんもすごいけどね」

僕の言葉に、フリーゼさんはご満悦《まんえつ》だ。

そうして再びスティックビームに跨がると、一路王都へ引き返すのだった。

◆

太陽が真上に昇《のぼ》る頃、僕たちは王都に帰りついた。

お昼時の大通りは賑々《にぎにぎ》しさに満ちている。ライバル関係にあると思《おぼ》しき向かい合わせの飲食店が呼びこみ合戦を繰《く》り広げ、各店舗の看板娘《かんばんむすめ》が通行人に耳寄り情報を届けている。

どこからともなく『長らく品切れだったベルガモットの香水《こうすい》が本日入荷《にゅうか》しました〜！』という声が届き、収集欲が刺激《しげき》されてしまう。

ベルガモットなど聞いたことがない。いったいどんな匂《にお》いなのか。ぜひとも手に入れ、匂いを嗅《か》いでみたいものだ。

「さっきのお兄ちゃん！」

幼い呼び声が、湧《わ》き上がる収集欲を鎮めてくれた。

ギルド外壁の端っこに佇んでいた花売りの獣人娘が、嬉しそうに駆け寄ってくる。その手には野花がこんもりと積み重ねられたバスケットが。

「いっぱい摘《つ》んだみたいだね」

「どれも綺麗ね」

「頑張《がんば》って集めましたっ！」

彼女《かのじょ》の膝《ひざ》は黒ずんでいた。石畳に咲く花をせっせと摘む姿が、ありありと目に浮《う》かぶ。

「ふたりの知り合いか？」

「まあね。花を買う約束をしてたんだ」

「カイトってば、お金もないのに全部買うとか言い出すのよ？」

なるほど……、とフリーゼさんが凛とした表情を緩《ゆる》め、優《やさ》しげな顔で僕たちを見る。

「それでパーティへの加入を急かしてきたのか……。カイト殿も、オルテア殿も、本当に優しいのだな」

僕たちのことを気に入ってくれたなら、今日だけでなく今後もパーティを継続《けいぞく》したい。

そして親睦《しんぼく》が深まった暁《あかつき》には、ぜひ獣耳に触れさせてほしい。

さておき、今後の話はあとまわし。

「ねえ、早く換金《かんきん》しない？」

「そうだね。きみ、もうちょっとだけ待っててね」

「うんっ！　お花を数えて待ってる！」

「それだけあると数えるのが大変だろう。私が手伝ってやろうか？」

「ありがと、お姉ちゃん！」

どういたしまして、とほほ笑み、ふたりは通行の邪魔《じゃま》にならないようにギルドの壁際《かべぎわ》へ場所を移す。

僕とオルテアさんは重厚《じゅうこう》な扉《とびら》を開けてギルド内へ。窓口のカウンターに魔石を置くと、受付嬢さんが目を丸くした。

「相変わらずの早さですね……。サーペントの討伐、苦労しませんでした？」

「感覚としては、いつも通りでした」

「そ、そうですか……さすがです。でしたら、B級に昇級してもやっていけそうですね」

それでは少々お待ちを……、と受付嬢さんがいつものように魔石を鑑定《かんてい》する。そして、カウンターに報酬の金貨三〇枚と、銀色のピンバッジを置いた。

ブロンズバッジとお別れして、シルバーバッジを襟元《えりもと》に迎《むか》え入れる。

「似合ってるわよっ」

「ありがと。……ところで、この場合って、昇級するのは僕だけなんですか？」

「はい。依頼はカイト様名義で受けられていますので、昇級するのはカイト様おひとりです。引き続き下級の依頼を受けることもできますが、今後B級の依頼をお受けになる場合は、こちらの紙にメンバーのお名前を記入し、次回来訪時に提出してください」

紙にはリーダーの項目《こうもく》と、メンバーの項目があった。

「注意事項《じこう》として、ギルドに記録される功績はすべてリーダーのものとなります」

「なるほど。それは揉《も》めそうですね」

『功績を譲るかわりに報酬を上げてくれ』とか『功績が欲《ほ》しいからパーティを離《り》脱《だつ》する』みたいな揉め事が起きそうだ。

「あたしは功績とかいらないからね？　カイトが誘《さそ》ってくれたおかげで、充分《じゅうぶん》いい思いをさせてもらってるんだから」

「ありがと。あと、フリーゼさんにはこのまま正式加入してもらおうと思ってるんだけど、オルテアさんはそれでいい？」

「うん。あたしもフリーゼがいいと思うわ。歳《とし》も近いし、女同士だし、獣人《じゅうじん》だし、一緒《いっしょ》にいて気を遣わずに済むもの」

「決まりだね」

金貨と用紙をポケットに入れ、僕たちはギルドをあとにした。

「あっ、お兄ちゃん出てきた！」

どうやら花を数え終えたようだ。花が飛び散らないように上からそっと手をかぶせて、こちらへ駆《か》け寄ろうとするが——

ふいに風が吹《ふ》き、僕の目の前に影《かげ》が落ち、ぴたっと立ち止まる。

誰かが空から舞《ま》い降《お》りてきたのだ。

がっしりとした体つきの、身なりのいい中年男性だった。真紅《しんく》の髪《かみ》は綺麗《きれい》に整えられ、指輪が煌《きら》めく手で先端《せんたん》に青い石が取りつけられた杖《つえ》を握《にぎ》っている。

彼《かれ》は四人の男女を連れていたが、全員宙に浮いたままだ。逆光ではっきりとは見えないけれど、疲《つか》れが溜《た》まっているのか、生気が感じられない顔をしていた。

「黒い髪に、獣人連れ……最近名を上げているカイトというのは貴様だな？」

ずいぶん尊大な態度だった。いままでの人生で関《かか》わりがなかったタイプだ。若干《じゃっかん》の苦手意識を感じつつ、僕はうなずいてみせた。

「ええ、僕がカイトです。あなたは？」

「ブラドだ」

受付嬢さんがたびたび口にしていた名前だ。

それにギルド内の食堂でも、ブラドさんの噂はよく耳にした。

ブラドさんは王都にふたりしかいないA級冒険者《ぼうけんしゃ》のひとり。有望な冒険者は次々と彼のパーティに加入しているようで、いまや一大勢力になっているのだとか。

にもかかわらず、彼は必要最低限の人数しか引き連れず、残りのメンバーはおとなしく自宅待機しているらしい。

普通は必要とされないことを不満に感じてパーティを抜《ぬ》けそうなものだが、そうしないということは、彼の方針に満足しているのだろう。

「貴様の噂は聞いている。ずいぶんと活躍《かつやく》しているそうだな」

「ブラドさんほどではないですよ。僕は今日やっとB級に上がったところですから」

「そうか。もうB級か。どうやら私が思っている以上に、貴様は有能な人間のようだ」

それなのに……、と蔑《さげす》むような目でオルテアさんを一瞥《いちべつ》する。

「なぜ貴様は獣人などと連《つる》んでいる？」

「一緒にいると楽しいからです」

出会って二週間だが、間違《まちが》いなくオルテアさんは僕の人生で一番仲良くしているひとだ。

こういう関係を友達と呼ぶのだろう。

獣耳《けものみみ》を抜きにしても、オルテアさんとはずっと仲良くしていたい。

「ふざけた理由だな。獣人など足手まといにしかならんだろう。どうだ、私のパーティに入らんか？　貴様にはその資格が備わっている」

口ぶり的に、前々から僕を勧誘しようと思っていたのだろう。空を飛んでいたところ、この世界では珍《めずら》しい黒髪《くろかみ》を見つけたので、試しに降りてみたわけだ。

こうやって誰かに必要とされるのは、とても光栄なことだけど……

「いえ、遠慮《えんりょ》します。僕はいまのパーティが気に入ってますから」

失礼なので胸に秘《ひ》めておくが、たとえパーティを組んでなくても、ブラドさんと行動をともにしたいとは思えない。

多くの魔物を討伐するのは立派だし、多くの仲間を従えているということはなんらかの魅力《みりょく》があるのだろうが、他人を見下すようなひとは人間的に好きになれないのだ。

「正常な判断もできぬとは。どうやら力はあるが、頭は弱いらしいな」

吐《は》き捨てるようにそう言うと、ふいに突風《とっぷう》が発生した。勧誘を諦《あきら》め、立ち去るつもりのようだ。

足もとからの上昇気流でブラドさんが浮かび上がり――

「ああっ！」

悲痛な声が響《ひび》いた。

旋風《せんぷう》に巻きこまれ、バスケットの花が高々と舞い上がったのだ。渦巻《うずま》く突風に花びらが散らされ、無残な有様になっていく。

それを気にも留《と》めず、彼は仲間を引き連れて飛び去ろうとする。

さすがにこのまま行かせることはできない。

「ちょっと待っ――」

「待て貴様！」

僕の声をかき消すように怒声《どせい》を上げ、フリーゼさんが剣を抜いた。

「……待て、だと？」

振《ふ》り返り、ブラドさんは冷酷《れいこく》な瞳《ひとみ》でフリーゼさんを見下ろす。冷ややかな眼差《まなざ》しに呼応するように風が冷気を帯びた。ロングコートなのに肌寒《はだざむ》さを感じるほどだ。

「獣人風情《じゅうじんふぜい》が、この私に命令したか？」

「黙《だま》れ！　自分がなにをしたかわかっているのか⁉」

「貴様こそ、誰に剣を向けているかわかっているのか！」

凍《こご》えるような風が吹き、冷気がまき散らされる。彼のまわりに幾筋《いくすじ》もの氷柱《つらら》が出現したからだ。そのひとつひとつが人間どころか巨象すらも串刺《くしざ》しにできそうなサイズである。とても自然の産物とは思えない。これは明らかに魔法で生み出されたものだ。そして、氷柱の主と思しき人物は、その瞳に殺意を滾《たぎ》らせている。

「──っ！」

最悪の事態を予感してシールドビームを展開したのと、氷柱が放たれたのは、ほとんど同時だった。

バチバチバチバチ──！

ドーム型のシールドビームに氷柱が次々と命中する。衝突《しょうとつ》した瞬間に氷柱が粉々に砕け散った。ギルド周辺、雹《ひょう》が降ったあとのような光景と化す。

あんなにも凄《すさ》まじい勢いで氷柱を放ったということは、フリーゼさんを脅《おど》すのではなく、殺すつもりだったということだ。

しかもフリーゼさんのすぐそばには、まだ幼い子どもまでいる――

「なに考えてるんですか！　一歩間違えればふたりとも死んでたんですよ⁉」

こんなにも誰かに対して怒《いか》りが湧いたのははじめてだ。人生初となる怒鳴《どな》り声に、彼はにべもなく返す。

「ふん。あの程度の魔法で死ぬようなら、自然淘汰《とうた》と考えるべきだろう。これに懲《こ》りたら、そこの獣人を躾《しつ》けておくことだな。獣なら獣らしく、強者にしっぽを振って生きろと」

最後まで一切《いっさい》の謝罪を口にせず、彼らは大空へ飛び去っていった。

「ふたりともだいじょうぶ⁉」

「怪我《けが》はないよね？」

大通りの人々が騒然《そうぜん》とするなか、僕たちはふたりのもとへ駆け寄った。

シールドビームがすべて弾《はじ》いてくれたので怪我はしてないだろうけど、ふたりとも怖い思いをしたはずだ。

発端《ほったん》はブラドさんだが、剣を抜いたのはフリーゼさんだ。喧嘩《けんか》両成敗という意見もある

かもしれないが、さすがに氷柱はやりすぎだ。さすがに『どっちもどっち』とは言えない。

それに……

「う、うむ。カイト殿のおかげで無事に済んだが……」

ちらり、と気遣《きづか》うように女の子を見るフリーゼさん。

女の子は空っぽのバスケットをぎゅっと握りしめ、涙目《なみだめ》になっていた。

膝が泥《どろ》んこになるまで頑張って集めたのに、ひとつ残らず吹き飛ばされてしまったんだ。おまけに氷柱に巻きこまれ、危《あや》うく命を落としかけた。ほんの数分前まで幸せそうに花の数を数えていたのに……これじゃあまりにもかわいそうだ。

「お姉ちゃんが拾うの手伝ってあげるわっ！」

「私もだ！　五〇本、すべて集めてみせるぞ！」

「も、もういいですよ……集めても、売り物にならないですから……」

元気を出してもらおうと明るい声で呼びかけるが、彼女は力なく首を横に振るばかり。

花吹雪《はなふぶき》を目《ま》の当たりにして、もはや売り物にならないことは幼いながらに理解しているらしい。

が、それを買うかどうか決めるのは僕だ。

僕は足もとに落ちていた花を拾い上げ、

「これ、売ってくれない？」

「で、でもその花、花びらが一枚しか……」

「いいんだ。花は花だからね。だから――はいこれ」

金貨を一枚差し出すと、彼女はふるふると首を振る。

「わたし、お金なくて……お釣《つ》り、出せません……」

「だったら、お釣りはいらないよ」

「えっ？　で、でも、それだともらいすぎです……」

元々は五つにつき銭《せん》貨一枚で売るつもりだった。ひとつの花に対して金貨一枚を支払《しはら》うのは、二〇円の商品を一〇〇〇〇円で買うと言っているようなもの。僕が同じ立場でも、さすがに受け取りをためらうだろう。

申し訳なさそうに眉《まゆ》を下げられ、だから僕は提案した。

「金貨一枚で買うよ。そのかわり、花束を作ってくれない？」

「花束ですか……？」

「うん。僕のためだけに心をこめて花束を作ってほしいんだ。世界にひとつしかない僕のためだけの花束が手に入るなら、金貨一枚くらい喜んで払《はら》うよ」

適正価格で稼がないと金銭感覚がおかしくなってしまうかもしれないが、彼女は高値で売ることに罪悪感を覚えていた。今回が特別だということは重々承知しているだろうし、お金の価値を勘違《かんちが》いすることはないはずだ。

「ほ、ほんとに……いいんですか？」

「もちろん。作ってくれる？」

「は、はいっ！　頑張って作ります！」

顔を明るく輝《かがや》かせ、大きな声で叫《さけ》んだものだから、ぐぅとお腹《なか》の音が鳴る。ちょっぴり恥ずかしそうな彼女に金貨を一枚握らせて、

「花束は急がなくていいからね。今日はお家《うち》に帰って、家族と美味《おい》しいご飯を食べなよ」

「はいっ！　ありがとうございます、お兄ちゃん！　お姉ちゃんたちも！」

どういたしまして、とほほ笑《え》みかけ、手を振ってお別れする。

そして小さな姿が見えなくなると、僕はオルテアさんに謝《あやま》った。

「ごめんね？　引っ越《こ》し資金を使っちゃって」

「ううん。いい使い道よ。あの娘《こ》も嬉《うれ》しそうに笑ってたし……怖い思いをしちゃったけど、家族と美味しいものを食べれば幸せな夢を見るわよね」

「きっと今日の寝言《ねごと》は『もう食べられないよ』だろうね。——そうだ、はいこれ」

フリーゼさんに報酬の金貨一〇枚を差し出すと、ためらうような顔をされた。

「本当に受け取っていいのか？　私は金貨一〇枚に見合う働きはしてないのだが……」

「気にしないで。元々そういう約束だし。それになにもしてないことはないよ。フリーゼさんとの空の旅は楽しかったからね」

「そうね。いままでで一番賑《にぎ》やかな旅になったのは間違いないわ」

「そんなわけだから、できれば僕たちのパーティに加入してほしいんだ」

正式に勧誘《かんゆう》すると、フリーゼさんは嬉しそうに顔を輝かせた。

「こんなに必要としてもらえたのははじめてだっ！　今後ともぜひ頼《たの》む！」

よかった。これでパーティ結成だ。フリーゼさんにリーダーの説明をすると、快く了《りょう》承《しょう》してくれた。

あと話し合うことは今後の待ち合わせ場所についてだけど……

「フリーゼさんってどこ住み？」

「第三区画の東区だ。カイト殿とオルテア殿は？」

「あたしたちは第二区画の西区で同居してるわ。近々第一区画に引っ越すけどね。いまは引っ越し資金を貯《た》めてる最中なのよ」

「でさ、広い部屋を借りる予定だから、よかったらフリーゼさんも一緒に住まない？」

「ちょっと狭《せま》いけど、なんなら今日から住んでくれてもいいわよ。そしたら合流の手間も省けるし」

「合流が楽になるのは魅力的《みりょくてき》だが……第一区画の家賃は目玉が飛び出るほど高いと聞く。出費がかさむのは気が引けるな……」

「その心配はいらないよ。家賃は僕が払うから。なんだったら生活費もね」

「ありがたい申し出だが、さすがにそこまでしてもらうのは申し訳なさすぎる……」

「そんなことないよ。お金を払ってでもフリーゼさんと一緒に住みたいって思ってるんだから」

「お金を払ってでも……？　なぜだ？」

戸惑《とまど》うように見つめてくるフリーゼさんに、僕はずっと胸に秘めていた欲求をぶつけた。

「フリーゼさんと一緒に暮らして、好きなときにその可愛《かわい》い耳を見たいんだよ」

「きゅっ、急になにを言い出すのだ⁉」

「急にじゃないよ。一目見た瞬間からずっと思ってたことなんだ。形もいいし、毛の艶《つや》もいいし、ぴこぴこ動くのも愛くるしいし、本当に魅力的だよ」

「お、お世辞はよすのだ……」

「本心だよ。僕は心の底からフリーゼさんの耳に惹《ひ》かれてるんだ。その素敵《すてき》な耳に触《ふ》れることができるなら、僕はなんだってできる気がする。それだけの価値が、フリーゼさんの耳にはあるんだよ」

「も、もういいっ！　わかったから……あまり褒《ほ》めるな、恥ずかしい……」

フリーゼさんは顔が真っ赤だ。恥ずかしそうにうつむいてしまった。

僕としては褒め足りないくらいだが、オルテアさんが言うには、獣人の耳を褒めるのはプロポーズに近い行為《こうい》らしい。

今日知り合ったばかりなので、告白ではなく純粋《じゅんすい》に褒め言葉《ことば》として受け止めてもらえただろうけど、恥ずかしそうにしているし褒めるのは我慢《がまん》したほうがいいかもしれない。

フリーゼさんは深呼吸すると、上目遣《うわめづか》いに僕を見つめ、太ももを擦《こす》り合わせながら、

「た、ただ養われるだけなのは、カイト殿に悪いから……。そんなに私の耳が好きなら、触《さわ》らせてやらんこともないぞ」

「いいの!?」

「うむ……。痛くしないと、約束してくれるなら……」

「ありがとう！　夢みたいだよ！」

「あ、あたしの耳も撫《な》でていいからっ！」

ずいっと僕の前に立ち、オルテアさんが嬉しいことを言ってくれた。

「オルテアさんもありがとう！　僕は世界一の幸せ者だよ！　こんなに素敵な耳を撫でる

ことができるなんて……」

これ以上欲求を我慢することはできず、さっそくふたりの耳を撫でさせてもらうことにした。

オルテアさんのさらりとした質感とは異なり、フリーゼさんの獣耳は、ふんわりとした手触《てざわ》りだ。先端をふにふに摘まみ、手のひら全体でなでなでしていると、頬《ほお》がゆるゆるになってしまう。

あぁ、幸せだな……。

両手に花ならぬ両手に耳だ。氷柱事件で騒然としていた大通りが元の賑わいを取り戻《もど》すなか、僕は顔を赤らめるふたりの獣耳を心ゆくまで堪能《たんのう》させてもらうのだった。

《第三幕　引っ越しと獣人街《じゅうじん》》

昇級《しょうきゅう》試験から一週間が過ぎた。

その日、僕たちは不動産屋のカルモさんに案内され、第一区画を訪《おとず》れていた。

オルテアさんの夢でもあった『お城が見える部屋』に引っ越すためだ。

「いや～、噂《うわさ》になってるカイトさんを案内できるなんて光栄ですよっ！」

カルモさんが嬉しそうに言った。

名乗ってからずっとこの調子だ。

彼女が勤める不動産屋は第三区画に店を構えている。第三区画は僕の行動範囲《はんい》外《がい》だが、冒険者たちが各区画で酒の肴《さかな》として僕の話をしているようで、カルモさんの知るところとなったのだ。

「光栄だなんてとんでもない。僕はただ、やりたいことをしてるだけですから」

「だとしても魔物を討伐《とうばつ》してくださるのは、私のような非力な人間にしてみれば、本当にありがたいことですから。カイトさんの活躍を聞き、私の祖母も安心してましたからね。

これで魔物に壁を破られずに済むと」

「王都の壁って、過去に破られたことがあるんですか？」

「いえ、ありませんよ。ただ、祖母のような七〇代以上の世代は、ほかのどの世代よりも魔物を怖《おそ》れてるんですよ」

無理もない、ととなりを歩くフリーゼさんが訳知り顔で相づちを打つ。

「七〇代と言えば、魔王《まおう》の直撃《ちょくげき》世代だからな」

「うちのお爺《じい》ちゃんも、たまに魔王の悪夢を見たそうよ」

転移から三週間。こちらの暮らしにも慣れてきたと思っていたが、僕の知らないことはまだまだたくさんありそうだ。知ってて当然の話らしいが、魔王の存在は初耳だった。

もちろん魔王がどういった存在かは知っている。神話や伝承なんかに登場する、悪魔《あくま》や怪物《かいぶつ》の王様だ。

ただ、僕の知識は日本で仕入れたものだ。こちらの知識にアップデートしないと三人の会話にはついていけない。

「魔王ってなに？」

たずねたところ、全員に戸惑いの眼差しを向けられた。

「知らないの？　魔王よ魔王！　魔物の王様を自称《じしょう》してる、危険度Ｓのバケモノよ！」

「半世紀以上前に大陸最北の国を滅《ほろ》ぼした、この勇敢《ゆうかん》な私ですら恐怖《きょうふ》を覚える魔物だ」

「多くのA級魔物を従える、魔王軍の長ですよ」

話を聞くだに凶悪《きょうあく》な存在だ。国が魔物に滅ぼされていたなんて。しかも口ぶりからして、魔王はまだ生きているようだ。というか、

「魔物の王様を自称するって、自分でそう名乗ったってこと？」

それはつまり人間の言葉を理解しているということだ。人間のように話せる魔物がいるなんて、いままで見てきた魔物からは想像できない。

「魔物のなかには高い知能を持ってて、人間みたいに振る舞うものもいるのよ。そういう魔物はたいていものすごく強いから、危険度Aに分類されてるの」

魔王は危険度Sだけどね、とオルテアさん。

魔王のためだけに用意された、スペシャルのSだろう。A級魔物を数多く従えているということは、魔王の強さはそれを遥《はる》かに上回るということだ。特別扱《あつか》いされるのも納得《なっとく》がいく。

「魔王って、いまはどこでなにしてるの？」

「大陸北部の国と戦争してるわよ」

戦争あるじゃないですか女神《めがみ》様！

　人間同士の戦争はないらしいが、なんだか騙《だま》された気分だ。それを差し引いても三つの言葉には満足しているので、いまさら文句を言う気はないけれど。

「この国は平和だけどね。魔王領から一番離れた場所にあるもの。魔王どころか、危険度Aの魔物すらいないくらいよ」

「うむ。オルテア殿の言う通り、この地に魔王の脅威《きょうい》が及《およ》ぶことはないだろう」

「そうそう。だから、いま気にするべきことは、魔王じゃなくて引っ越しよ」

「そうだね。あとどれくらいで着きそうですか？」

「二、三分といったところでしょうか」

　僕《ぼく》たちはレンガで舗装《ほそう》された閑静《かんせい》な住宅街を歩いていき――間もなくして、こちらです、とカルモさんが立ち止まる。

　王都内でよく見かける、三階建ての集合住宅だ。

　風呂《ふろ》とトイレは共用だと事前に聞かされている。風呂はともかくトイレは自宅に欲しいけど、こちらが出した『部屋からお城が見える』『物件内に二部屋以上の空きがある』は満たしているらしい。

「こちらの三階にある二部屋になります」

　部屋が二部屋だった場合は僕が一部屋使わせてもらい、オルテアさんとフリーゼさんが相部屋ということになっている。

オルテアさんは部屋から城が見えるならなんでもいいようで、フリーゼさんは雨風さえ凌《しの》げれば満足らしい。

カルモさんに続き、さっそく三階を訪れる。ワンフロアにつき二部屋だ。まずは右手の部屋に入ると、一五畳《じょう》ほどの板張りワンルーム（キッチン付き）だった。

ベッドがちょっと汚《きたな》いが、クリーンビームを使えば新品同然にできるので気にならない。

「おおっ、広いな！　これなら室内で剣の素振《すぶ》りができそうだ！」

嬉しそうなフリーゼさん。僕も嬉しい。これだけスペースがあれば収集欲に屈《くっ》し放題だ。

二部屋だと家賃は月に金貨一〇枚かかるが、余裕《よゆう》を持って八〇枚ほど貯めてきた。生活費にも余裕があるし、部屋を借りたらさっそく屈しに行こうかな。

だけど……この部屋を借りることに不満はないけど、なにかが引っかかる。

「ちょっと。この部屋からじゃお城が見えないんだけど？」

オルテアさんが不満げな顔で言った。

「まだ外を見てないだろう」

「見なくてもわかるわよ。お城はあっちにあるんだから」

オルテアさんがドアを指さす。

そうだ。なにかが引っかかると思っていたが、お城は窓とは反対方向にあるんだ。

カルモさんが窓を開け放った。

「あちらを見てください」

僕たちは窓辺に集まり、外を眺《なが》める。見えるのは、小さな通りの向かいに佇《たたず》む家だけだ。

「お城なんて見えないわよ」

「向かいの建物の窓を、よーく見てください」

「向かいの……」

オルテアさんが目を細め、向かいの家をじっと見る。

「あっ！」

なにかに気づいたようだ。僕も見つけた。

向かいの家の窓に、お城の尖塔《せんとう》が反射して映っていたのだ。

「見えましたか？」

「ええっ、ちゃんと見えたわ――って納得するわけないでしょ！」

オルテアさんのノリツッコミが炸裂《さくれつ》する。向かいの家を指さして、

「あっちの家を紹介《しょうかい》してよ！」

「あちらには住んでいるひとがいますので……」

カルモさんは申し訳なさそうだ。

きっと彼女なりに条件を満たそうと頑張ったのだろう。そして頑張った結果がこれなら、オルテアさんの理想とする物件は現時点では用意できないということだ。

だが僕はもう収集欲に屈する気満々でいる。手狭《てぜま》な部屋に住み続けると収集欲を満たしづらいので、どちらにせよ引っ越しはするつもりだ。

「しばらくはこの部屋で我慢して、いい物件が空いたら真っ先に紹介してもらう？」

「そうするしかないわね……」

オルテアさんが残念そうにため息を吐く。

するとカルモさんが自信なさげにおずおずと、

「一応、ご要望を満たせる物件は、あるにはあるのですが……」

「ほんとに⁉　今度は『壁にお城のポスターが貼《は》られてる』ってオチじゃないわよね？」

「いえ、窓からお城がはっきりと見える物件です」

「やった！　ねえ聞いた⁉　はっきり見えるんだって！」

「よかったねオルテアさん」

「しかし、そんな物件があるならなぜ最初に紹介しないのだ？」

「きっと予算内に収まらなかったんだよ。僕たちが提示したのは、一部屋につき金貨五枚前後だからね」

「カイトさんの仰《おつしや》る通り、完璧《かんぺき》にご要望を満たす物件は、予算内ではご用意できず……」

「……いくらくらいするの？」

「そちらは賃貸《ちんたい》ではなく売り家、しかも豪邸《ごうてい》でして……金貨にして八〇〇枚になります」

はっぴゃ……、とオルテアさんが絶句する。

僕らの手持ちは金貨八二枚だ。元々は四〇枚貯めたら引っ越そうと話していたが、いい物件を逃《のが》さないように倍以上を用意した。

しかし理想の物件を手に入れるには、その一〇倍も必要らしい。

「いい夢見させてもらったわ……」

オルテアさんは諦めモードだ。彼女の肩《かた》をポンと叩《たた》き、フリーゼさんが励《はげ》ましの言葉をかけようとしているが、なかなか思いつかないみたい。

「その物件って、一括購入《いつかつこうにゆう》のみですか？」

日本では普通《ふつう》、家は分割払《ぶんかつばら》いだ。この世界にローンがあるかは知らないが、金貨八〇〇枚をぽんと出せるひとなどそうはいない。分割払いが存在していてもおかしくないが……

「本来は一括購入のみですが、カイトさんのように信用のある方に対しては、分割払いもご提案しております。まずは金貨八〇枚を頭金としていただきまして、その後は月に金貨八枚をお支払いいただきます」

銀行がないので自動引き落としはなく、月に一度は不動産屋へ足を運ばないといけないのがネックだが、空を飛べるので手間ではない。

頭金で手持ちのほとんどが吹き飛ぶけれど、お金はまた貯めればいい。

「無理はしなくていいからね？」

「問題ないよ。ちゃんと払える額だしさ」

前世では貯金が増えるだけの日々を送っていた。そんな人生に虚《むな》しさを感じていた僕にとって、たとえ所持金がすべて吹き飛ぼうと使い道があるだけ幸せだ。

「でも、あたしのために金貨八〇〇枚も……」

「オルテアさんのためなら安いものだよ。僕はオルテアさんに感謝してるんだから」

これを言うと『助けてもらったのはあたしのほう』と言われてしまうけれど、僕がいまこうして生きているのはオルテアさんが小屋に引っ張り込んでくれたからだ。

右も左もわからないうちにウッドゴーレムに襲《おそ》われてたら、ビームを撃《う》つという発想に至る前に殺されていた。

あのとき生き残ることができたからこそ、いまの充実《じゅうじつ》した日々がある。前世ではただの一度も味わえなかった幸福を、一日に何度も味わえるようになったのだ。

オルテアさんには感謝してもしきれない。なにより――

「友達の夢なんだ。僕にできることなら協力は惜《お》しまないよ」

「カイト……」

オルテアさんは瞳を潤《うる》ませ、感涙《かんるい》しかけている。

やっと励ましの言葉を思いついたのか、フリーゼさんが口を開いた。

「友人のためだ。お金が足りないようなら、私も援助《えんじょ》は惜しまんぞ」

報酬《ほうしゅう》は山分けの予定だったが、三分の一も受け取るのは申し訳ないと断られ、フリーゼさんに支払う額は報酬の一割で落ち着いた。

買い物に出かけたときもなにも買わずに帰っているし、最初に渡《わた》した一〇枚と合わせて金貨二〇枚くらいは持っているはずだ。

「フリーゼもありがとね……」

「だけど、お金は払わなくていいからね」

「しかし、生活費まで出してもらっているのだ。私が暮らす家でもあるし、少しくらいは協力しないと申し訳ないぞ」

「いいんだ。フリーゼさんと暮らせるだけで、僕は幸せなんだから」

「う、うむ……カイト殿がそう言うなら……」

恥《は》ずかしそうに頬を赤らめるフリーゼさん。

「では案内させていただきますね」

お願いします、と僕たちは外に出た。

カルモさんの案内で、王都の中心部へと歩を進めていく。

「すごいっ。どんどんお城に近づいてるわ！」

「近くで見るのははじめてだが、こんなに迫力《はくりょく》があるのだな……」

「これだけ近いと曇《くも》り空《ぞら》でもはっきり見えそうだね」

「窓からの景色が楽しみだわっ！」

お城との距離《きょり》が縮《ちぢ》まるにつれて、オルテアさんはどんどん顔を明るくしていく。

こちらになります、とカルモさんが足を止めたときには、すでに満面の笑みだった。

「すごいっ！　すごいすごい！　こんなに近くに住めるなんてっ！」

オルテアさんは大はしゃぎだ。

お城まで三つ四つ通りを挟《はさ》んでいるが、これ以上近づけば逆に見えづらくなりそうだ。

この場所からならお城の全貌《ぜんぼう》が把握《はあく》できる。

「見てみろ、家も立派だぞ！」

石造りの二階建て物件だ。突《つ》き出た屋根には小窓があるし、もしかしたら屋根裏部屋があるのかも。もしそうなら、ぜひ私物置き場にしたい。

さっそくカルモさんになかを案内してもらう。

一階には食堂と台所、浴室と応接間などがある。料理道具もそのままだ。カルモさんが言うには、残された家具は僕たちの好きにしていいらしい。

頭金で手持ちが吹き飛ぶのだ。家具代がかからないのはありがたい。それはそれとして、気になる家具があれば収集欲に正直に生きるけれども。

一階を見終わり、いよいよ二階へと向かう。

二階には二部屋あった。どちらも広さは同じで、以前は寝室《しんしつ》として使われていたらしい。

「素敵だわ……」

部屋に入るなり、オルテアさんがうっとりとため息を漏《も》らした。

大きな窓から、はっきりとお城を見ることができたのだ。

「ここがオルテアさんとフリーゼさんの部屋ってことでいい？　それか応接間にベッドを置いてそっちで寝《ね》る？」

「いや、ここがいい。広すぎる部屋にひとりでいると逆に落ち着かないのでな。もちろん、オルテア殿がひとりになりたいなら、応接間でも構わんが」

「ううん、一緒でいいわっ！　こんなに素敵なお家《うち》に住めるなんて夢みたいっ！　本当にありがとね、カイト！」

「どういたしまして」

にこりとほほ笑み、残る一室を見せてもらう。

隣室《りんしつ》と同じく、とても広々とした部屋だ。天井《てんじょう》には屋根裏へ通じる扉《とびら》が設けられていて、スライド式のはしごで上ってみると、空っぽのスペースがあった。

物置として使えそうだ。これで思う存分に買い物できる！

「この物件に決めました！」

「ありがとうございます！」

引っ越し先が決まり、僕たちは手続きのために不動産屋へと引き返すのだった。

◆

引っ越し手続きを終えて住み慣れた部屋に帰りつく頃《ころ》には、すっかり日が暮れていた。

小高い壁《かべ》が夕日を遮《さえぎ》り、帰宅直後の室内は薄闇《うすやみ》に支配されている。

壁にはめ込まれた魔石内蔵パネルに魔力を流すと、パッと部屋が明るくなり、

「この部屋ともお別れか～……」

オルテアさんは、なんだか感慨深《かんがいぶか》そうにつぶやいた。

生活臭《しゅうし》が染みついた、私物だらけの狭い部屋――。広々とした一軒家《いっけんや》に引っ越せるのは嬉しいけれど……オルテアさんがそうであるように、僕もこの部屋には思い入れがある。お別れするのだと思うと、センチメンタルな気分になってしまう。

「今月の家賃は払ってるし、あと二週間はここで生活できるけど……」

「ううん。ちょっと寂《さび》しくなっただけで、早く引っ越したい気持ちは変わらないわ」

「だったら引っ越しは明日だね」

「一日で終わるかしら？」

「うん。これくらいの荷物なら、荷車を使えば二往復くらいで運べるよ」

「荷車はどうするのだ？」

「貸馬車の店で借りようと思ってるよ」

馬車は一日銀貨一枚でレンタルできる。荷車だけ借りるひとは滅多《めった》にいないだろうけど、一日分の馬車代を支払えば、借りることはできるはず。

「では荷車は私が借りてくるとしよう。自分の荷物は自分でまとめたほうが、カイト殿も安心だろうからな」

クリーンビームで清潔にしているとはいえ、女性に下着を触らせるのは抵抗《ていこう》があるので、フリーゼさんの提案に賛成だ。

「じゃあ荷車はお願いね」

「うむ。……ちなみにだが、引っ越しはどれくらいで終わる見込《みこ》みだ？」

「スムーズに行けば昼過ぎには終わると思うよ。どうして？」

「やりたいことがあるのだ」

「やりたいこと？」

「親しい者たちに近況報告《きんきょう》をしたくてな。長らく顔を見せていないので、心配かけているかもしれん。王都からは出ないので、当日中には帰れるはずだ。引っ越しのあとに依頼《いらい》を受けるつもりなら、そちらを優先するがな」

「いや、明日は新居でのんびりするよ」

きっと家族に近況を報《しら》せたいのだろう。フリーゼさんがお金を貯めているのも、家族に仕送りをするためなのかも。

「さて、そろそろ夕食にしようか？」

「そうね。引っ越し先も決まったし、ぱーっとお酒を飲んでみたいわ」

「おおっ、それは名案だな！　私も一度でいいからお酒を飲みたいと思っていたのだ」

「冒険者《ぼうけんしゃ》がいつも美味しそうに飲んでるものね」

「うむっ。当時はお酒よりご飯を優先していたが、いまの我らはお金を持っているのだ。オルテア殿の夢が叶《かな》ったことだし、ぱーっと祝杯《しゅくはい》を挙げるとしよう！」

「賛成っ！　カイトもお酒飲んでみない？」

「そういえばカイト殿は一度もお酒を飲んでないな。苦手なのか？」

「苦手ってわけじゃないよ」

ただ、僕はほとんど毎日空を飛んでいるわけで……。運転とは違《ちが》うけど、ふたりの命を預かっている以上、翌日にお酒を残すわけにはいかないのだ。

前世では滅多に飲酒しなかったが、今日はオルテアさんの夢が叶った記念日だ。祝い酒として一杯《いっぱい》くらいは飲んでもいいけど……。

「ふたりとも、まだ子どもなのにお酒飲めるの？」

ふたりが愕然《がくぜん》とした。

「子ども⁉　いま子どもって言った⁉」

「カイト殿は我々を子どもとして見ていたのか……？」

心外そうにしているが、ふたりともまだ一六歳。この世界では成人済みかもしれないが、僕にとっては歳の離《はな》れた妹のような存在だ。

「一三歳差だからね」

「歳の差があろうが、私はもう子どもではないっ。恋《こい》もできる大人の女だ！」

「あたしだってもう結婚《けっこん》できる歳よ。あたしのお母さんが一六の頃には、もうお父さんと結婚してたみたいだし！」

ふたりとも怒《おこ》ってるんじゃなく、拗《す》ねてるように見える。

こんなに子ども扱いを嫌《いや》がるなんて……。

これくらいの歳の娘は、大人扱いされたいものなのかも。具体的に大人扱いがどういうものかは知らないが、嫌がるなら態度をあらためないと。

「これからは大人の女性として見るようにするよ」

僕の言葉に、ふたりは満面の笑みになる。

「うんっ！　あたしのことは大人の女として見てねっ！」

「ちゃんと大人として見てもらえるように、今日は大人らしくいっぱい飲んでやる！」

「美味しく飲める範囲《はんい》で飲もうね」

やんわりとフリーゼさんをたしなめつつ、僕たちは家をあとにした。

街灯に照らされた大通りを進み、やってきたのは大衆食堂。

焼き鳥屋のような香《こう》ばしい煙《けむり》が漂《ただよ》う店内は、仕事終わりの一杯を楽しむ人々で賑わっていた。

「おお、カイトさん！」

テーブル席に着くと、おじさんが親しげに話しかけてきた。たしか……雑貨屋の主人だ。

「先日は素敵なタペストリーをありがとうございます」

「そりゃこっちの台詞《せりふ》ですよ。ありゃうちの女房《にょうぼう》が趣味《しゅみ》で作ったものでしてね。なかなか売れずに悲しそうにしてたんですよ」

「あんなに素敵なタペストリーなのに、売れ残ることがあるんですね」

「そうっ、そうなんです！　カイトさんは本当に嬉しそうにあれを手に取ってくれて……おかげで女房はご機嫌《きげん》で、こうして仕事終わりの一杯を許されてるってわけです」

僕はただ収集欲に正直に生きただけなのに、感謝されるなんて不思議な気分だ。

こうして誰《だれ》かを笑顔《えがお》にすることができたなら、あのとき多くの言葉のなかから『収集』を選んでよかったと思える。

「さて、注文は決まった？」

壁に打ちつけられたメニュー板を見ていたふたりは、僕の言葉にうなずいた。

「串《くし》焼《や》き肉がいいわ。あとお酒」

「右に同じだ」

すみませーん、と店主さんに串焼き肉とお酒を人数分頼む。

お酒はすぐに運ばれてきた。フルーティな香《かお》りのビールだ。

冷蔵庫にかわるマジックアイテムは存在するが、こちらの世界では常温が好まれているのか、ビールジョッキはぬるかった。

さておき、こういう祝い事の席では誰かが乾杯《かんぱい》の音頭《おんど》を取るのが通例だ。この世界でもそうなのか、ふたりはジョッキを握《にぎ》り、まだかまだかと僕を見ている。どうやら僕の務めらしい。

会社の忘年会《ぼうねんかい》でたびたび耳にしたけれど、あれはちょっと長ったらしかった。早く飲みたそうにしているし、ここはシンプルイズベスト。

「引っ越しとオルテアさんの夢が叶ったのを祝して、乾杯！」

「「かんぱーい！」」

こつん、とジョッキを軽くぶつけ、ぐいっと飲む。

苦みが薄《うす》く、すっきりとしたのどごしだ。わずかな甘味《あまみ》が余韻《よいん》として残る。僕としてはビールは冷たいほうが好きだが、友達と一緒《いっしょ》にいるからか、いままで飲んだどのお酒より美味しく感じることができた。

「大人だから美味しく感じるわ〜」

「子どもにはこの美味しさはわからんだろうな〜」

ふたりとも上機嫌《じょうきげん》そうだ。たっぷりと塩がまぶされた串焼き肉が運ばれてくると、ますますご機嫌な顔をする。

これでもかと塩をまぶした厚切り肉に、豪快《ごうかい》にかじりつくと、肉汁《にくじゅう》が滴《したた》り落ちた。すごく塩辛《しおから》いけど、これがビールにマッチしている。

「お酒おかわり～！」

「私もおかわり～！」

ふたりは空になったジョッキを高々と掲《かか》げ、店主さんにアピールする。ペースの早さが心配だけど……幸せそうに緩《ゆる》んだ表情を見ていると、たしなめる気にはならない。

「あら？　カイトってばもう酔《よ》っちゃったの？」

「頬がゆるゆるになっているぞ」

気持ちが顔に出ていたみたい。

お酒が美味しいのもあるけれど、それだけが理由じゃない。

異世界を訪れてからというもの、毎日楽しいことが起きている。光線欲を満たすのも、獣耳《けものみみ》欲を満たすのも、収集欲を満たすのも、僕は心から楽しんでいる。

だけど一番の幸せは、こうして友達とおしゃべりしている時間だ。

あのときは天国行きを希望したが、いまなら心の底からこう言える。――異世界行きを強要してくれてありがとうございます、と。

「あら、カイト様じゃないですか」

人知れず女神様に感謝していると、女性の呼び声がした。

ロックゴーレムやサーペントの窓口対応をしてくれた受付嬢《うけつけじょう》さんだ。

どの窓口を利用してもいいけど、顔馴染《かおなじ》みになっているため、いつも彼女《かのじょ》に受付を担当してもらうことにしている。

「奇遇《きぐう》ですね。この辺りに住んでるんですか？」

「ええ。できれば職場の近くに住みたいのですが、第一区画は高いですからね。座《すわ》り仕事なので、いい運動になってます」

「あー、僕も以前はデスクワークをしていたので気持ちはわかります」

「デスクワークから冒険者って、ずいぶん思いきった転職をされましたね」

「人生の転機が訪れまして。転職して大成功でした」

「カイト様は、冒険者の才能がありますからね。それに穏《おだ》やかですし、窓口対応としても助かります。階級が上がると横柄《おうへい》になる冒険者もいますから……」

「ブラドみたいなね」

オルテアさんがほんのり赤らんだ顔で毒づいた。

フリーゼさんがうんうんうなずき、

「あの男、先日なにをしたと思う？　幼い子どもがいるのに氷柱《つらら》を放ったのだぞ！」

「あのときカイトが守ってなかったら、あの子もフリーゼも死んでたわ！　なんであんな奴《やつ》が野放しになってるのよ！」

「子どもを巻きこむのは許しがたい行為ですが……Ａ級冒険者の特権で、殺人以外の罪は免除《めんじょ》されますから」

Ａ級冒険者は国の貴重な戦力だ。

危険な任務をこなす戦闘《せんとう》のエキスパートで、国の平和に貢献《こうけん》しているので、特権があるのは理解できる。

だけど、殺人は免除されてないんだ。なのにブラドさんは殺意剥《む》き出しで氷柱を放った。脅《おど》しのレベルを超《こ》えているし、捕《つか》まるのも覚悟《かくご》の上だったということだろうか。それとも……

「その『殺人』に、獣人《じゅうじん》は含《ふく》まれてないんですか？」

「それは……」

受付嬢さんは、気まずそうにオルテアさんとフリーゼさんを見た。

「申し訳ありません。獣人は含まれておりません」

「どうしてそんな差別を……」

「しょうがないわよ。だってここは人間の国なんだから。それに、人間全員が獣人を差別してるわけじゃないわ」

「少し前までは人間なんて嫌《きら》いだったが、カイト殿のような優《やさ》しい人間がいるとわかったからな。おかしいのはブラドのような極一部の人間だけだ」

「あなたも大変でしょ？　ブラドみたいなひとを相手にするの」

「そうなんですよ！」

受付嬢さんが叫《さけ》んだ。予想以上の食いつきに、オルテアさんたちが面食らう。

「なにかあったんですか？」

「あったんです！　ブラド様の相手をするの本当に嫌なんです！　名前を確認《かくにん》すると毎回『いちいち確認するな』と怒られるんです！　規則なのでと反論しようものなら『ギルドマスターに言いつけてクビにしてやろうか』と脅してくるんです！　魔石を鑑定《かんてい》してたら『偽物《にせもの》だと疑っているのか』と舌打ちされるんです！　あのひとぜったい『窓口なんて誰でもできる』とか思ってますよ！　そういうの口に出さなくても態度でわかるんです！」

「そ、そうですか。それはなんというか、大変ですね……」

「ええ、大変なんですよ……。今日だってブラド様にしつこく絡《から》まれました。誰が剣聖《けんせい》に一番近いのか教えろ、と」

「あの男、剣聖を目指しているのか？」

「あんなのが剣聖になったら先祖は安心できないわよ」

剣聖――。魔王に続き、また知らない単語が飛び出した。そろそろ辞書を買ったほうがいいかもしれない。あるかどうかは知らないけれど。

「剣聖というと……剣の達人のことですか？」

「いえ、剣聖とは冒険者のなかから選ばれる聖霊祭《せいれい》の役職でして、『剣』は強さを、『聖』は人徳を表します。とても名誉《めいよ》な役職で、任命されると国の歴史に名を刻むことになるんですよ」

受付嬢さんいわく、この国では一〇年に一度、国を挙げてのお祭りが催《もよお》されるらしい。

その日は夜明けから先祖の霊が帰ってくるとされていて、国民は先祖を安心させるために華《はな》やかな宴《うたげ》を楽しむのだとか。

日没《にちぼつ》になると祖霊は城に集うと信じられ、剣聖が城内で『今後も民を守るので安心してお帰りください』と誓《ちか》いを立てることで、聖霊祭は幕引きとなるらしい。

前世では祭りと名のつくものに参加できなかった。

今回はオルテアさんやフリーゼさんと楽しみたい。

「次はいつ開催《かいさい》される？」

「二ヶ月後よ。あたしも祭りは楽しみだけど……ブラドが剣聖の最有力候補だと思うと、素直《すなお》には楽しめないわ」

「立場上、大きな声では言えませんが、個人的には二期連続で剣聖を務めたベリック様か、カイト様になっていただきたいと思ってます」

「期待してもらえるのは嬉《うれ》しいですけど、僕がなるのは厳しいですよ。冒険者になって、まだ三週間なんですから。それにまだB級ですし」

「いえ、剣聖に選ばれる条件は、階級だけではありませんから。我々がリストアップしたB級以上の冒険者のなかから、国王様が選定するのです」

わざわざB級も加えるということは、独自の評価項目《こうもく》もあるということだ。内申点《ないしんてん》がテストの点数だけで決まらないように、普段《ふだん》の素行も選定基準になっているのかもしれない。

僕は剣聖には興味ないけど、獣人を見下しているブラドさんが選ばれるのは嫌だ。それでは獣人たちの先祖が安心できない。

かといって、僕は一市民として祭りを楽しみたいので、ベリックさんでいいと思う。

「というか、どうしてブラドさんは剣聖になりたいんだろ？」

「褒美《ほうび》が望みなのではないでしょうか」

「褒美があるんですか？」

「ええ。剣聖になると城に招かれ、国王様から望みの褒美を賜《たまわ》ることができるのです」

A級ともなるとお金に困ることはない。

ブラドさんはお金じゃ買えないものを求め、剣聖を目指しているのかも。

「なるほど……っと、すみません。仕事終わりなのに長話に付き合わせちゃって」

「いえいえ、ひとと話すのは好きですから。愚痴《ぐち》ったらすっきりしました」

「でしたら、一緒に飲みませんか？」

「よろしいのですか？」

「僕もひとと話すのが好きですから」

「そういうことでしたら、ぜひ！」

受付嬢さんは嬉しそうに僕のとなりに腰《こし》を下ろし、ビールが届くとあらためて乾杯するのだった。

◆

翌日の正午過ぎ。

「引っ越《こ》し終了《しゅうりょう》〜！」

「今日からここが我々の住まいになるのだな……」

「新生活が楽しみだね」

僕たちは新居に移っていた。ほこりっぽいので掃除《そうじ》しないといけないし、荷物の整理もこれからだが、引っ越し自体は完了《かんりょう》した。

「一時はどうなることかと思ったわね」

「まったくだ。カイト殿がいなければ、いまだに家でうなっていただろうな」

ふたりは今朝、頭痛と吐《は》き気《け》に襲われていた。二日酔《ふつかよ》いだ。

僕はビール二杯で切り上げたが、ふたりは五杯も飲んでいた。店を出る頃にはすっかりできあがり、ご機嫌そうに歌いながら帰宅して、そのまますぐに寝てしまい……

目覚めたときには顔が真っ青。話しかけても「あー」とか「うー」しか言わなかった。

そこで僕が編み出したのは、治療《ちりょう》ビームだ。僕はこれにキュアビームと名を付けた。

怪我《けが》はもちろん、体調不良もビーム一発でオールリペア。これさえあれば医者いらずだ。

効き目も抜群《ばつぐん》で、ビームを浴びた瞬間《しゅんかん》にふたりはシャキッとした顔になった。

「あのときはありがとね、カイト！」

「カイト殿のおかげで、これからも安心してお酒が楽しめるのだ！」

「ちょっとは反省しなさいよ。カイトに迷惑《めいわく》かけちゃうでしょ」

「し、しかし、お酒は美味《おい》しかったし……冒険者たちが仕事終わりに飲んでいた理由が、昨日やっと理解できたぞ」

「まあ、美味しかったのは間違《まちが》いないけど……」

ふたりが、ちらっと僕の顔色を窺《うかが》ってくる。

「僕は気にしないからさ。また飲みに行こうね」

僕の言葉に、ふたりはぱあっと顔を明るくした。

飲みすぎないに越したことはないけど、二日酔いになったときはキュアビームを撃てばいい。

光線欲を満たせるし、ふたりと楽しい時間を過ごせるし、僕としてもいいこと尽《ず》くめだ。

「さて、では私は行くとしよう。ついでに荷車も返却《へんきゃく》するので、ふたりはゆっくりするといい」

「ありがと、そうさせてもらうよ。なんだったら明日の依頼も休むから、フリーゼさんも家族とのんびり過ごしてくれれば？」

「ん？　家族？」

あれ？　違うの？

「親しいひとに近況報告するって言うから、てっきり家族に会うんだと思ってたんだけど……」

「いや、家族というわけではないが……まあ、広いくくりで言うと、そういうことになるかもしれんが……」

説明しづらい関係なのか、フリーゼさんは歯切れが悪い。

「なんだっていいわ。あたしたちはのんびりしとくから、あなたも楽しんできなさい」

「うむ。では行ってくる」

外まで見送り、いってらっしゃい、と手を振《ふ》って別れる。車輪の音が遠ざかっていき、家に入ろうとしたところ――

「ねえ、フリーゼを追いかけてみない？」

オルテアさんが、悪戯《いたずら》っ子のような笑《え》みを浮《う》かべて言った。

「もしかしたら、恋人《こいびと》と会うのかもしれないわよ」

オルテアさんは一六歳の女の子。浮いた話に興味が湧《わ》く年頃《としごろ》なのだろう。

フリーゼさんも日本で言うと高校二年生くらいだし、恋人がいてもおかしくない年齢《ねんれい》だ。

しかし。

「フリーゼさんに恋人がいるようには見えないんだけど」

もちろんそれはフリーゼさんに魅力《みりょく》がないという意味じゃない。むしろ、魅力の塊《かたまり》だ。あんなに触《さわ》り心地《ごこち》のいい素敵《すてき》な獣耳を持っているのだから。

ただ、恋人がいるような素振《そぶ》りは見せなかったのでそう判断しただけである。

「ほら、昨日『恋もできる大人の女』とかむきになってたじゃない。それにさっき『広いくくりで家族』とか言ってたし。きっと『いずれ結婚して家族になる』って意味なのよ」

僕《ぼく》は歯切れの悪さから『離婚《りこん》した母あるいは父に会いに行く』と解釈《かいしゃく》したが、オルテアさんはあれを照れ隠《かく》しとして捉《とら》えたらしい。

「結婚を前提に付き合ってるひとがいるなら、そっちと同居するんじゃない？」

「きっと仕事と私生活は分けて考えるタイプなのよ。あたしたちと暮らしたほうが仕事がスムーズになるもの。だからたぶん今日はその報告に行ったんだわ」

たしかに恋人がいるなら異性と同居していることは伝えたほうがいい。でないとあらぬ誤解を受けてしまう。

「恋人がいるならいるで、そっとしておいたほうがいいんじゃない？」

「それはそうだけど……気になるでしょ？　友達がどんなひとと付き合ってるか。ほら、急がないと見失っちゃうわよ」

オルテアさんにコートの袖《そで》を掴《つか》まれ、急《せ》かされる。

わかったよ、とうなずいて、僕たちは遠ざかっていくフリーゼさんを追いかけ始めた。

五〇メートルほど距離を取り、こっそりと尾行《びこう》する。

フリーゼさんは空っぽの荷車を引きながら、壁門を越えて第二区画へ。大通りを歩いていき、貸馬車の店へ通じる道を素通《すどお》りする。

「道に迷ってるのかしら？」

「それにしては迷いのない足取りだよ」

やがてフリーゼさんは足を止めた。路傍《ろぼう》に荷車を止め、果物屋に入っていく。

ややあって、リンゴが山盛りになった箱を抱《かか》えて出てきた。店と荷車とを三回往復し、三つの箱を積み込む。

「ねえ……あの娘《こ》、なにしてるの？」

「リンゴを山ほど買ってるね」

「いやいや、なんで買い物してるのよ」

「お土産《みやげ》じゃない？」

「あの娘の恋人、よほどのリンゴ好きなのね……」

「『リンゴは医者を遠ざける』って言うし、恋人に健康になってほしいだけかもね」

「逆に病気になるわ、あの量じゃ……」

フリーゼさんの目的がわからず、困惑《こんわく》する僕たち。なぜリンゴを大人買いしたのか気になりつつも、尾行している手前、本人にたずねることはできない。

「あっ、動きだしたわ」

再び歩きだしたフリーゼさんを追いかけると、今度はパン屋で止まる。山盛りのパンを購入《こうにゅう》し、次は肉屋を訪《おとず》れた。胃もたれしそうな量のベーコンや、長く連なるソーセージを何束も荷車に積み込む。

また果物屋を訪れたかと思うとリンゴを山ほど購入し、再び肉屋とパン屋で食料を買い、今度は服屋でまとめ買い。

「あの娘、商売でも始める気かしら？」

そうとしか考えられない行動だけど、あの量じゃ売りさばく前に傷《いた》んでしまう。それにちゃんと稼《かせ》げる仕事があるんだ、わざわざ転売なんてする必要はない。

美味しそうな匂《にお》いを携《たずさ》えて荷車を引くフリーゼさんは注目の的だ。通行人にじろじろと見られるなか、クツ屋で履《は》き物を仕入れると、また肉屋を訪れた。

肉屋から出てくると、気合いを注入するように顔を叩き、小走りに荷車を引いていく。満足いく買い物ができたようで、日が暮れる前に目的地へ急ぐことにしたようだ。

フリーゼさんは休むことなく通りを駆《か》ける。身体ひとつで冒険者をしていただけあって体力がすごい。

逆に僕たちはそろそろ体力の限界だ。

「ねっ、ねえ……ちょっと飛ばない？」

「そ、そうだね……バレないように軽く飛ぼうか」

高く飛ぶと見落としてしまうため、僕はオルテアさんを背負って五〇センチほど浮いた。左足で高度を保ち、右足をうしろに傾《かたむ》け、すぃーっと滑《すべ》るように飛んでいく。

そして空が夕日に染まる頃、第三区画に入った。フリーゼさんは立ち止まらず、迷いのない足取りで、どんどん先へ進んでいく。

「この道って……」

「オルテアさん、この辺りに来たことが？」

「ええ。もしかするとあの娘、獣人街を目指してるのかもしれないわ」

「この近くにあるの⁉」

「ちょっ、声が大きい！」

オルテアさんが小さな手で咄嗟《とっさ》に口を塞《ふさ》いできた。荷車を引くのに集中しているのか、フリーゼさんは僕らに気づくことなく走っていく。

オルテアさんは安堵《あんど》の息を吐き、

「獣人街はこの道をまっすぐに進んで、五つ目の角を曲がった先にあるわ。厳密に『ここからが獣人街です』って看板があるわけじゃないけどね」

国が獣人のために用意したのではなく、自然とコミュニティが形成されていったらしい。

近くに仲間がいるほうが安心して生活できる、という考えのもとに続々と獣人が集まり、いつしか獣人街と呼ばれるようになったのだろう。

多くの獣人が暮らす町――。もしかすると、まだ見ぬ獣耳に会えるかも。撫《な》でることは許されないが、一目だけでも見てみたいという欲求には抗《あらが》えない。

期待感を膨《ふく》らませ、道をまっすぐに飛んでいき、五つ目の角を曲がったところで――

「なにをしているのだ？」

フリーゼさんと鉢合《はちあ》わせた。

「ひゃあ⁉　な、なんで待ち伏《ぶ》せしてるの⁉」

「僕たちに気づいてたの？」

「先ほどふたりの声が聞こえたのでな。なぜあとをつけてきたのだ？」

「どんなひとと付き合ってるか気になって……」

フリーゼさんはきょとんとした。

「付き合っている、とは？」

「フリーゼには結婚を前提に付き合ってる恋人がいるんでしょ？」

「なぜそうなる⁉」

「昨日『恋ができる大人の女』って言ってたし、『広いくくりで家族』って言ってたから。違うの？」

「違うっ！　カイト殿に恋愛《れんあい》できる年齢だと伝えたかっただけで、恋人などできたこともないっ！」

「あたしの勘違《かんちが》いだったってわけね。……でもさ、だったらその荷物はなんのために？　あたしてっきり恋人にプレゼントするんだと思ってたわ」

「これは――」

　と、フリーゼさんがなにかを言いかけたところで、近くの建物のドアが開いた。

「フリーゼお姉ちゃん！」

　子どもたちが出てくる。サイズの合わないぶかぶかの服を着て、黒ずんだクツには穴が空いていて――みんな一様に痩《や》せこけていた。

「うわあっ、ご馳走《ちそう》がいっぱいだ！」

「美味しそう！　美味しそう！」

「綺麗《きれい》な服もあるっ！」

目を輝《かがや》かせる子どもたちに、フリーゼさんは優しくほほ笑みかける。

「みんなのために買ったのだ。好きなものを食べていいし、服やクツはサイズが合うのを選ぶといい」

「やったー！」

「ありがとお姉ちゃん！」

「うむ。私はしばらくここにいるので、選び終えたら家族や友達を呼んできてくれ」

子どもたちは嬉しげにクツのサイズを確かめたり、服を身体に当ててみたり、リンゴにかじりついたりする。それから新しいクツに履《か》き替えて、綺麗な服を手に取ると、家族や友達を呼びに家に入ったり、通りの向こうへ駆けていく。

……これって、配給だよね？

「フリーゼさん、いつもこんなことしてるの？」

「いつもではない。まだ四、五回だ。カイト殿と出会う前は、お金が貯《た》まらずに苦労したからな」

「そりゃそうでしょうよ。自分の生活すら大変なのに……。どうやって稼いでたの？」

「酔っ払《ぱら》いに腕相撲《うでずもう》を挑《いど》んでいたのだ。負けたら一年ただ働きすると言えば、銀貨一枚は引き出すことができたぞ」

賭《か》けで手に入れたのは剣だけじゃなかったのか。

「危ない橋を渡《わた》るわね……。負けたらどうするのよ」

「私は勇敢《ゆうかん》なので負けたときのことなど考えなかった」

もしかすると、フリーゼさんが口癖《くちぐせ》のように勇敢さを誇示《こじ》するのは、自分を勇気づけるためだったのかもしれない。

「それに私は力持ちだ。なにより恩返ししたいという気持ちが、私に力を与《あた》えてくれた」

「恩返し？」

フリーゼさんは小さくうなずき、愛《いと》おしげにひと気のない通りを眺《なが》める。

「私は、獣人街のひとたちに命を救われたのだ」

そう言って、生い立ちを話してくれた。

フリーゼさんの両親は冒険者の荷物持ちとして働いていたらしく、彼女が物心つく前に、魔物《まもの》に殺されてしまったのだそうだ。

そんな家族を亡《な》くしたフリーゼさんを、獣人街のひとたちが親身になって育ててくれた。

　そして二年前。一四歳になったフリーゼさんは獣人街に恩返しをするため独り立ちして、冒険者になったのだとか。けっきょく冒険者としてはなかなか稼げず、自分を担保にした賭けで稼いでいたようだけど。

　しかし、そんな危険な日々も先週終わった。

「カイト殿のおかげで大金を稼ぎ、こんなに多くの衣食を配れるようになった。本当に、カイト殿には感謝してもしきれない」

「気にしないで。それより言ってくれれば手伝ったのに」

「ほんとよ。友達なのに水臭《みずくさ》いわね」

　フリーゼさんは嬉しそうに頬《ほお》を緩ませつつも、気遣《きづか》うように言う。

「ふたりは優しいので、知られてしまえば気を遣《つか》わせてしまうと思い、黙《だま》っていることにしたのだ」

　フリーゼさんは、僕が買い物好きなのを知っている。オルテアさんが引っ越したがっていたことも知っていた。だから僕たちが遠慮なくお金を使えるように、配給のことは黙っておくことにしたのだろう。

　子どもだなんてとんでもなかった。フリーゼさんは、本当に立派な女性だ。

「僕も力になるよ」

「あたしもできる限り手を貸すわ」

「気持ちは嬉しいが……これは私が好きでしていることだ。自分で稼いだお金は、自分のために使ってくれ」

B級に昇級《しょうきゅう》してからはかなり稼げるようになったけど、獣人全員に食料を配るとなると焼け石に水だ。

だから僕は獣人たちが貧困に喘《あえ》いでいると知ったとき、直接助けることを早々に諦《あきら》め、魔物を倒《たお》して平和に貢献しようと考えた。

いまは違う。

みんなまとめて救う手立てを知っている。

「僕、剣聖になるよ」

「カイト殿が？」

「うん。剣聖になって、国王様に頼《たの》んでみる。獣人たちがお腹《なか》を空《す》かせずに暮らせる国にしてくださいって」

「しかし……さっきも言ったが、これは私が好きでしていることだ。せっかくの褒美なのだから、好きなものをもらったほうがいいのでは……」

「気を遣ってるんじゃなく、僕が好きですることだよ。純粋《じゅんすい》に友達の力になりたいんだ」

「カイト殿……ありがとう。本当に心から感謝する！」

どういたしまして、とほほ笑み、僕たちは続々と集まってきた獣人たちに食料を配るのだった。

《 第四幕　A級の計画 》

転移から二ヶ月が過ぎた。

その日、僕はスティックビームとジェットビームの合わせ技で岩山を訪れていた。現在ゴツゴツとした岩山を眼下に見据《みす》え、討伐《とうばつ》対象の魔物を探している最中だ。

「いないわね……」

「こっち方面にもいないようだ」

「こっちにも見当たらないよ」

それぞれ別方向を見つつ、報告し合う。

今回、僕たちはワイバーンの討伐を任された。

ワイバーンは翼《つばさ》の生えた大トカゲだ。手配書を一見するにドラゴンだが、受付嬢さんが言うには別物らしい。

いわく、ワイバーンとドラゴンの違《ちが》いは遠隔攻撃《えんかくこうげき》の有無《うむ》とのこと。ドラゴンは火を吐く個体だったり、毒を吐く個体だったり、氷を吐く個体だったり、雷《かみなり》を吐く個体だったり、遠くからでも攻撃《こうげき》できる手段を持つが、ワイバーンは爪牙《そうが》しか攻撃手段を持たないようだ。

とはいえサーペントを上回る硬《かた》い鱗《うろこ》を持ち、巨体《きょたい》からは想像もつかないスピードで飛ぶらしく、報酬額《ほうしゅうがく》はこれまでで一番高いのだが。

そんなワイバーンが、いるべき場所にいない。

いるべき場所とは言っても岩山は広大だ。おまけに相手は空を飛ぶ。岩山すべてを捜索《そうさく》したわけじゃないし、狩《か》りに出かけた可能性も否《いな》めないが、僕らがワイバーン討伐を引き受けたのは昨日である。

昨日は五時間ほど岩山を見てまわり、日が暮れてきたので近くの町に宿泊《しゅくはく》した。そして今日は朝からかれこれ八時間ほど捜索したが、影《かげ》も形も見当たらない。

先月までの僕なら見落としを疑っていただろうが……

「また失踪《しっそう》かな？」

「私もそう思う」

「最近増えてきたわよね」

魔物が見つからないのは、今日がはじめてじゃなかった。これで三度目だ。今月に入り、週に一回は魔物が見つからずに引き返している。

ほかの冒険者《ぼうけんしゃ》とダブルブッキングして先を越されたのかもしれない。そう考え、受付嬢さんにたずねたところ、ほかの町のギルドに連絡《れんらく》を取ってくれた。

この世界にも電話はある。電話とは音声を電気信号に変えたものなので、厳密に言うと電話じゃないが、通信手段は存在する。

なんでも念話能力を持つ魔物の魔石を使っているようで、一定の距離《きょり》なら通話ができるのだとか。そして、たとえば魔物に襲撃《しゅうげき》された際などに緊急連絡《きんきゅうれんらく》できるように、町と町は念話できる範囲内《はんいない》に造られているらしい。

さておき、僕が受けた依頼《いらい》はいまだに未達成とのことだった。そればかりか、ほかにも僕と同様の問い合わせがあったのだとか。どうやら飛行能力を持つC級からB級の魔物が数体、失踪しているとのことだ。

頑張《がんば》って魔物を倒したのに報告を怠《おこた》れば報酬《ほうしゅう》をもらえないのだ。

誰《だれ》かがこっそり討伐したのではなく、縄張《なわば》りを移したと考えるのが自然である。

「日が暮れる前に帰ろうか？」

「そうね。今日は空振《からぶ》りしちゃったし、明日も依頼を受けていいわよ」

「我々に気を遣うことはないのでな」

「ありがと。だけど明日は休むよ」

ウッドゴーレムのようなギルドに届け出がされていないものを含め、弱い魔物は王都の一〇〇キロ圏内《けんない》にいるけれど、強い魔物は近場にいない。

王都に害が及《およ》ばないように高い懸賞金《けんしょうきん》がかけられ、近場に棲息《せいそく》するものは古株冒険者によって狩り尽《つ》くされているため、現場に向かうだけでも時間がかかってしまう。

剣聖になるには魔物を狩り続けるしかないけれど、毎日遠出をすれば友達をへとへとにさせてしまう。

だから僕は、二日に一度は休みを挟《はさ》むようにしていた。

ワイバーンは討伐できなかったが、二日連続で依頼にあたったので、明日は休みにしてあげたい。

「でさ、明日は獣人《じゅうじん》街に行かない？」

「賛成だ。みんなも大喜びするだろう」

「ほんと、カイトは獣人想《おも》いね」

「僕はただ、やりたいことをやってるだけだよ」

獣人たちのために食料を買うのは楽しい。獣人たちの喜ぶ顔を想像するとあれもこれも欲《ほ》しくなり、収集欲を満たすことで幸福感が押《お》し寄せるのだ。

みんなは僕の顔を覚えてくれたし、信頼《しんらい》もしてくれているみたいだし、そろそろ獣耳を撫でさせてと頼んでみても、受け入れてもらえそうである。

……獣耳のことを考えるとウズウズしてきた。早く帰ってふたりの耳に触りたい！

「……むっ？　なんだ、あれは……」

王都へ帰ろうとしたところ、フリーゼさんがつぶやいた。

「どうかしたの？」

「いや、あれ……」

困惑気味に西の空を指さすフリーゼさん。

ワイバーンを見つけたのだろうか。傾きつつある太陽に目を細め、僕はそちらをじっと見る。

……青空に五つの点が浮いていた。ワイバーンの群れにしては小さすぎる。あれは……人間だ。

空を飛ぶ五人組といえば、真っ先に思いつくのがブラドさん一行だ。念には念を入れ、いつでもシールドビームを使えるように心の準備をする。

しかし——

「きみたちも冒険者かね？」

ブラドさん一行じゃなかった。

やってきたのは、はじめて目にする五人組だった。そのなかで先頭を飛んでいたひとが話しかけてきた。

長くて白いひげを蓄《たくわ》えたお爺《じい》さんだ。痩せ型《がた》で、ゆったりとした白い服を纏《まと》い、先端《せんたん》に大きな赤い石がはめこまれた杖《つえ》を握《にぎ》っている。まるで仙人《せんにん》のようだ。

「B級冒険者のカイトといいます。うしろのふたりは仲間のオルテアさんとフリーゼさんです」

とりあえず自己紹介《しょうかい》すると、お爺さんが顔に笑みを広げる。

「きみがカイトくんか！　以前会った商人がきみの話をしていたよ。ずいぶん頑張っとるそうじゃないか」

「ありがとうございます。ええと……」

「おお、すまんすまん。名乗るのが遅《おく》れてしもうた。わしはベリックじゃ」

「あなたが……」

ベリックさんといえば、ブラドさんとセットで名前が出てくることが多いA級冒険者だ。受付嬢《うけつけじょう》さんは『階級が上がると横柄《おうへい》になるひともいる』と言いつつも、ベリックさんのことは悪く言わなかった。悪いひとじゃないだろうとは思っていたけど……凄腕冒険者《すごうでぼうけんしゃ》なので、なんとなく武人っぽいひとをイメージしていた。

けれど目の前のお爺さんは、好々爺《こうこうや》といった穏《おだ》やかな雰囲気《ふんいき》だ。ふたりとも同じ印象を

抱《いだ》いたようで、

「ブラドとは全然違うわね」

「A級というから、もっとふんぞり返ってる姿をイメージしていたが……」

「わしはふんぞり返るほど偉《えら》くはないからな。きみたちこそ、魔法《まほう》が使えないのにB級に同行するとは偉いじゃないか」

「いいひとそうねっ」

「ブラドとは言うことが違うなっ！」

ふたりとも上機嫌《じょうきげん》そうだ。友達を褒《ほ》められて僕も嬉しい。話しかけられるときはいつも僕ばかり見られてて、ふたりは無視されることが多かったから。

「ところで、さっきからブラドくんの名前を出しているが、きみたちは知り合いかね？ 彼《かれ》はまだ王都にいるのか？」

「ええ、いると思いますよ」

「そうか。それはよかった」

「よかった、って……ブラドさんと仲がいいんですか？」

「いや、仲がいいわけではないよ。ただ、ぜひふたりきりで話したいと誘《さそ》われておっての。今日、彼の家を訪れることになっているのじゃ」

「でも師匠《ししょう》、それって三ヶ月も前の話じゃないですか。あいつぜったい忘れてますよ」

と、うしろに控《ひか》えていた女性が言った。

そのとなりに浮かぶ男性が深々とうなずき、

「師匠の貴重なお時間をブラドに割《さ》くなんてもったいないです」

「どうせまた師匠を引き抜《ぬ》こうとする気ですよ」

「あの上から目線の誘い方……あー、思い出したらムカムカしてきた！　あんな男、無視しちゃえばいいんです！」

「ブラドくんには三ヶ月後に会うと約束していたのだ。約束は守らねばならん」

不満を漏《も》らす弟子《でし》たちに、ぴしゃりと告げるベリックさん。どうやら王都へ帰る途中《とちゅう》に僕たちを見かけ、通りかかったついでに声をかけたようだ。

「ベリックさんは三ヶ月も王都を離《はな》れてたんですか？」

「王都ではなく国をな。わしらは一年ほど前から国外で活動しているのじゃ。平和なこの国と違い、他国ではA級魔物《まもの》も珍《めずら》しくないからのぅ」

この国にA級魔物がいないことは知っていた。以前、受付嬢さんと飲んでいたときに、そう聞かされたからだ。

多くの魔物が本能的に、あるいは自らの意思を持って魔王《まおう》のもとに集っているのだろう。

魔物被害《ひがい》は北に向かうにつれて――魔王領に近づくにつれて酷《ひど》くなっていくらしい。

この国にもたまに他国からA級魔物が侵入《しんにゅう》してくることはあるそうだが、そんな事件は滅多《めった》に起きないそうだ。その滅多なことが起きたときはぜひ討伐してくれと、べろべろに酔《よ》った受付嬢さんに頼まれたのだった。

オルテアさんが不思議そうに、

「でもさ、ほかの国で活動しても剣聖《けんせい》の実績にはならないんじゃない？」

「剣聖に選ばれるのは名誉《めいよ》なことじゃが、わしは名誉のために魔物と戦っているわけではないからの。ただ、世界平和に少しでも貢献《こうけん》したいだけじゃ。それにもう、わしが剣聖に選ばれることはないよ」

「なぜですか？」

「わしももう歳《とし》じゃからな。老い先短い命なら、魔王との戦いに使おうと思ってな」

「そうですか……」

なんというか……ものすごく立派なひとだ。自然と尊敬の念が湧いてくる。

初対面の僕でさえそう思うのだ。ベリックさんを師匠と呼ぶメンバーたちは心の底から彼を慕《した》っているようで、

「私たちも連れていってくださいよ！」

「どうかお供させてください！」

「必ずお役に立ってみせますから！」

「孤児《こじ》だった私たちを育ててくれた、せめてもの恩返しをさせてください！」

みんな元孤児だったのか。冒険者として忙《いそが》しくしつつも親代わりになるなんて、本当に立派なひとだ。

ベリックさんは嬉《うれ》しそうに頬を緩《ゆる》めつつも首を振り、

「何度も断っておるじゃろ。お前たちはまだ若い。死に急がず、自分たちにできる範囲《はんい》で平和に貢献するのじゃ」

柔《やわ》らかな口調で弟子をたしなめ、ベリックさんが僕を見る。

「とにかく、わしは剣聖にはならん。剣聖には、きみのような若人《わこうど》がなるべきじゃ。そもそも、わしのような老い先短い年寄りが国民を守ると誓《ちか》っても、ご先祖様は安心できないじゃろうからな」

にこやかにエールを送ると、ではさらばじゃ、と王都のほうへ飛び去っていく。

「ものすごくいいひとだったわね……」

「あんな冒険者もいるのだな……」

「本当に立派だし、剣聖に選ばれたのも納得《なっとく》だね」

「あら、カイトだって充分《じゆうぶん》立派じゃない」

「うむ。我々や獣人街のみんなにとっては恩人だ」

「ありがと。獣人街のみんなを救えるように、必ず剣聖になってみせるよ」

世界平和に貢献しようとしているベリックさんに比べるとスケールは小さいけど、僕が剣聖になることで笑顔《えがお》になってくれるひとはいるんだ。大きなことは考えず、これからも自分の手が届く範囲で助けられるひとには手を差し伸《の》べていこう。

さておき、ワイバーンが見つからない以上、新たな依頼を受けないと。

近くの町で依頼を受けなおしてもいいけれど、いまなら夕方までには王都に帰りつく。せっかく引っ越したのだから、オルテアさんにはお城が見える部屋で寝《ね》てほしい。

そうと決め、僕たちは王都へ引き返すのだった。

◆

そして日が暮れる頃《ころ》、僕たちは王都に帰りついた。

ギルド正面に降り立ち、さっそく屋内に入ろうとしたところ――

「あっ、カイトさん！」

ギルド前に立っていた女性に声をかけられた。

金髪《きんぱつ》ショートの若い女性だ。親しげに話しかけられたが、彼女《かのじょ》とは初対面である。

「こんにちは。ええと……」

「クリエですっ！　ずっとカイトさんとお話ししたいと思ってましたっ！　若いのにB級になるなんてすごいですね！　ほんと尊敬しちゃいますっ！」

「どうもありがとうございます」

「私、まだ冒険者になったばかりで依頼のこととか全然わからないんです！　よかったらいろいろアドバイスしてもらえませんかっ？」

「またこれ……？」

オルテアさんが、ため息まじりにつぶやいた。そう言いたくなる気持ちもわかるくらい、最近僕はこうやって話しかけられることが増えてきた。

アドバイスをしようにも、僕はただ光線欲に忠実なだけだ。

そしてビームは魔法ではなく、女神《めがみ》様に授《さず》けられた力。僕から彼女に教えられることはない。

ただ、明るい声だけど……なんというか、無理をしているようにも見える。疲《つか》れているのか、彼女は生気の感じられないうつろな目をしていた。

だったら、ひとつだけアドバイスできる。

「しっかり寝て、身体を休めるといいと思います」

「わ～っ！　アドバイス感激ですっ！　すっごくためになりました！　ぜひお礼をさせてください！　私の家でご馳走しますよっ！」

「またか……」

今度はフリーゼさんが嘆息《たんそく》する。

最近、こうやってアドバイスを求められ、なにか答えると家に招かれるケースが増えてきた。いつも決まってストレートに家に来ないかと誘われるのだ。

これがナンパなのはわかるけど、そういうのって、もうちょっと駆け引き的なのがあるものだと思っていた。国によって文化は違うし、世界が違えば僕の常識が通用しなくてもおかしくないけど。

「すみません。忙しいので……」

「そんなぁ！　家でちょっとお話しするだけでいいんですっ！」

「たとえば、ギルドの食堂とかなら……」

「落ち着ける場所でお話ししたいんですっ！」

いままでの女性と同じく、執拗《しつよう》に僕を家に招きたがる。

あまり他人を疑いたくはないけれど、美人局《つつもたせ》の可能性も否めなくなってきた。それに、純粋に落ち着いて話したいだけなのだとしても、僕は友達と過ごす時間を大切にしたい。

「すみません。用事があるので失礼します」

以前ギルドに入ってもしつこく誘われたので、僕はふたりを乗せてスティックビームで上空へ。彼女はその場に立ち尽くしたまま、まだ眩《まぶ》しさが残る空をじっと見上げていた。

……ちょっと不気味だ。

「最近、あの手のひとが増えてきたわよね」

「カイト殿を誘いたくなる気持ちはわかるが、さすがにああもしつこいとな……」

「……ねえ、いっそ恋人《こいびと》を作っちゃうのはどうかしら？」

「おお、それは名案だな！　そうすればいい断り文句ができるぞ！」

「だけどさ、ナンパ除《よ》けのために恋人を作るのって、相手に失礼じゃない？」

「きっかけはなんだっていいわよ。最終的にその恋人を愛しさえすればね」

「それともカイト殿は、恋人を作る気はないのか……？」

うしろに座《すわ》っているので顔は見えないが、ふたりとも真剣《しんけん》な声だった。

正直言うと、僕はこの手の話が苦手だ。

だけど、ふたりは僕のためを思って提案してくれたのだ。だったらまじめに答えないと。

「付き合わないって決めてるわけじゃないよ」

「そ、そうっ！　決めてるわけじゃないのねっ！」

「で、では……カイト殿は、どういう女性が好きなのだ？」

「獣人だよ」

僕《ぼく》は獣耳《けものみみ》が大好きなんだ。付き合うならぜったい獣人がいい。結婚《けっこん》するなら獣人以外に考えられない。結婚しようと思えるほどの獣人と出会うことができればものすごく幸せになれそうだ。ただでさえ可愛《かわい》い子どもが獣耳を持って生まれれば可愛すぎて頭がおかしくなるかもしれない。

「ふ、ふーん、そうなんだっ。獣人がいいんだっ」

「なるほどなるほど」

ふたりともなんだかご機嫌《きげん》そうだ。僕の獣人への想《おも》いを知り、同じ獣人として嬉しいのかも。

「さて、それじゃあ……」

ふと眼下を見ると、クリエさんはまだ僕を見上げていた。まるで誰かにそう命じられているかのように、その場を一歩も動いてない。ギルドが閉まるまで、ずっとあそこにいるつもりかも。

「報告は明日の朝にするとして、今日のところは帰ろうか？　それとも食事にする？」

「店が混む前に食事にしましょ」

「今日もお酒が飲みたい気分だ」

いいね、と相づちを打ち、僕たちは第一区画へ向かうのだった。

◆

その夜、ブラドの館《やかた》に来訪者があった。

ふたりきりで話がしたいと誘ったところ三ヶ月も待たされ、あげく夜中に家を訪問され、ブラドは腹立たしさを感じつつもベリックを家に招き入れる。

「ほー、これはこれは。なかなかいいところに住んでおるのぅ」

「黙れ。この私を三ヶ月も待たせおって。貴様が優秀《ゆうしゅう》でなければ八《や》つ裂《ざ》きにしてやりたいところだ」

「相変わらず血の気が多いのぅ。わしじゃから受け流せるが……きみ、獣人相手に魔法を放ったそうじゃな。脅《おど》しとはいえやりすぎじゃろ」

「貴様には関係なかろう。三ヶ月も待ったのだ。下らん話をしてないで、さっさと本題に入らせろ」

「じゃな。わしとしても早く宿に帰って寝たい。話したいことがあるなら立ち話で構わん。手短に頼む」

話を促《うなが》され、ブラドはちらりと窓から外を見る。第一区画の閑静《かんせい》な住宅街――。街灯にぼんやりと照らされた通りにひとの姿は見当たらない。

「貴様、いつも連れている人間どもはどうした」

「弟子なら寝ておるよ。長旅で疲れておったからのぅ。まさかとは思うが……またわしに、弟子を切り捨てて仲間になれと言うつもりか？」

ベリックはたるんだ目でブラドを見据え、声に怒気《どき》を滲《にじ》ませる。それが彼にとって禁句であることは、三ヶ月前に交《か》わした会話で学んでいる。

おかげで忙しさを理由に立ち去られ、捨て台詞《ぜりふ》のように『三ヶ月間、己《おのれ》の言動を見つめなおすように』と告げられた。

当時を思い返すと苛立《いらだ》ちが募《つの》るが……崇拝《すうはい》する人物の力になるために、どうにか怒《いか》りを抑《おさ》えこむ。

「C級冒険者などいらんが、貴様がどうしてもと望むなら、弟子どもも仲間にしてやる。この私の配下となるに相応《ふさわ》しいか、ひとりずつ面談はさせてもらうがな」

ベリックは深くため息を吐《つ》いた。

そして諭《さと》すような口調で、

「すまんが、きみの仲間になることはない」

「ああ、そうだ。貴様は以前、そう言った。ゆえに好条件を用意した。今後の報酬、そのすべてを貴様にくれてやる」

「わしは金なんぞに興味ない。そもそも、きみはなぜ必要以上に仲間を集める？　それも、この国の貴重な戦力であるB級冒険者ばかりを」

「私が仲間を集めると、貴様になにか不都合が？」

「いや、わしに不都合があるわけではない。……ただ、平和のためには、優秀な冒険者はバラバラに行動したほうがよいと判断したまでじゃ。きみが後進の育成に当たっているというならわかるが、多くの者は町に置き去りにしておるそうじゃないか」

「邪魔《じゃま》にしかならぬのでな。奴《やつ》らを勧誘《かんゆう》したのは、私に利するところがあるからだ」

「きみより弱い冒険者をかき集めて、いったいなんの利益があると？」

「剣聖になれる」

ブラドが端的《たんてき》に告げると、ベリックはすべてを察したようにため息を吐いた。言わんとしていることをすぐに理解できたということは、ブラドの目的に薄々《うすうす》察しがついていたのだろう。

「なるほどの。たしかに剣聖の条件を満たす者が全員きみの仲間になれば、きみが剣聖に選ばれるのは必然じゃな。なにせ、きみ以外に選択肢《せんたくし》がないのじゃから」

パーティの功績は、すべてリーダーのものとなる。国中の剣聖候補がなにひとつとして功績を上げることができなければ、剣聖に任命されるのはブラドで決まりだ。

この国のB級全員を勧誘したわけではないが、すでにめぼしい冒険者は支配下に置いた。残るは二期連続で剣聖を務めたベリックと、破竹の勢いで成り上がっているカイトのみ。

「きみの計画はわかったが、そういうことならわしを勧誘するのは無意味じゃよ。わしは魔王を倒すため、この国を出るからのぅ」

「ふん。貴様ひとり増えたところで、魔王軍をどうにかできるとは思えんがな」

「だとしてもわしは行く。少しでも魔王に苦しめられているひとの力になりたいからのぅ。きみも一緒《いっしょ》にどうかね？」

「貴様の誘いには応じぬが、いずれは私も魔王軍のもとへと向かう。――だが、まだそのときではない。まずは剣聖にならねばならん」

「じゃったら――」

と、ベリックはたしなめるように言う。

「まずはその態度をあらためることじゃな。すぐにでも傲慢《ごうまん》な態度をあらためない限り、きみが剣聖に選ばれることはないじゃろう」

「ならば誰が選ばれると？」

「剣聖の詳《くわ》しい選定基準は知らぬが、その任務はご先祖様に安心してお帰りいただくこと。それを鑑《かんが》みれば、相応しいのはカイトくんじゃ。あれは穏やかで礼儀《れいぎ》正《ただ》しい子じゃった。少なくとも、わしはきみに安心を促されるより、彼に促されたほうが安心してあの世へと行ける」

「そうか……。やはり一番の障害はあいつか」

「カイトくんを勧誘するのかね？」

「そうはしない。そのつもりだったが、あの人間を配下にするのは難しいようなのでな。ゆえに計画を変更《へんこう》する」

「計画？」

「貴様には関係のないことだ」

そう言うと、ブラドはベリックに右手を差し出した。

「今日は会えてよかった」

差し出された右手を見て、ベリックが意外そうにたるんだ目を開く。

「おお、握手《あくしゅ》か」

「なにか不都合でも？」

「いいや、まさかきみから握手を求められるとは思わなくての。多少は態度をあらためる気になったようじゃな」

ベリックはにこやかにそう言うと、握手に応じた。

「――ッ」

その瞬間《しゅんかん》、ベリックが痛覚を刺激《しげき》されたかのように顔を歪《ゆが》ませた。ブラドはしわしわの手を強く握りしめたまま、口角《こうかく》をつり上げる。

「どうだ、身体の自由が利《き》くまい？　今日から貴様は、私の操《あやつ》り人形《にんぎょう》と化すのだ。光栄に思うがいい」

「あ、ぐぎ……ッ」

ベリックの目が上下に揺《ゆ》れる。ガクガクと全身を痙攣《けいれん》させ、唇《くちびる》からよだれを垂らし――ふっと力が抜けたかと思うとブラドの胸元《むなもと》に倒れかかり、振《ふ》り絞《しぼ》るような力で襟《えり》を掴《つか》んだかと思えば、ズルズルと床《ゆか》に倒れてしまった。

「ふん。この私にすら勝てぬ貴様が、魔王様に敵《かな》うわけがなかろうが」

うつ伏《ぶ》せに倒れたベリックを見下ろし、横腹を蹴《け》りつける。

「おい、いつまで寝ている気だ。さっさと起きろ」

ベリックは何事もなかったかのように立ち上がった。うつろな瞳《ひとみ》で、ブラドを見つめる。

「貴様に命令を下す」

「命令……」

「そうだ。どんな手を使ってでもカイトを殺せ」

「承知したのじゃ。して、カイトくんの居場所は？」

「こいつらに聞け」

ブラドが脳内で指示を出すと、二階から女たちが下りてきた。

カイトを連れてこいという簡単な命令すら達成できなかった役立たずどもだ。

「お嬢《じょう》さん方、カイトくんは王都に帰ってきているのかね？」

「はいっ、帰ってきてますっ！　私、今日の夕方にギルド前でお話ししました！　ずっと待ってたんですけど、依頼を受けずに飛んでっちゃいました！」

「でも、家には帰ってきてないですよ？　日が暮れるまでカイトさんの家の前で待ってたのに、帰ってきませんでしたから」

「きっとお酒を飲んでるんだよっ！　こないだギルドでお仲間さんが『仕事が終わったら飲みたい』ってカイトくんを誘ってたもん！」

「ふむ。そういうことなら帰り道で闇討《やみう》ちするとしようかの。道案内を頼めるかね？」

「もちろんですっ！」

「話が終わったなら早く行け」

命令を下すと、ベリックたちは速《すみ》やかにカイト暗殺へ向かった。

◆

行きつけの大衆食堂でお酒を楽しんだ僕たちは、ほろ酔い気分で家路についていた。

すっかり夜の帳《とばり》が下りているものの、飲食店が軒《のき》を連ねる通りは酔っ払《ぱら》ったひとたちで賑《にぎ》わいを見せている。

が、大通りから一本道を逸《そ》れると喧噪《けんそう》は遠のき、住宅地に入る頃には賑々《にぎにぎ》しさはどこへやら。街灯に照らされた道は静まりかえり、石畳《いしだたみ》を踏《ふ》みしめるクツの音だけが響《ひび》いている。

ひと気のない通りを歩いていると、オルテアさんとフリーゼさんが肩《かた》にもたれかかり、腕《うで》を絡《から》めてきた。

さっきまでは普通《ふつう》に歩いていたのに……急に酔いがまわってきたのかも。

「あー、酔っちゃったわー」

「酔いすぎて柄《がら》にもないことを言ってしまうかもしれぬー」

やはり酔っているようだ。呂律《ろれつ》がまわらないのか、なんだか棒読みみたいに聞こえる。

「気分が悪いなら治そうか？」

「べ、べつに気分は悪くないわっ」

「むしろ最高の気分だ！　この気分、ぜひカイト殿にも味わってほしい！　そこで――」

「耳を撫《な》でてくれない？」

「あっ、いま私が言おうと思ってたのに！　カイト殿、私の耳も撫でていいぞ！」

「もちろん喜んで！」

ふたりは腕を遠ざけると、僕の前に移動した。さっそく人差し指と親指で獣耳を摘《つ》まみ、指先でふにふにする。

耳の付け根をカリカリと引っかいたり、耳を滑《すべ》るように撫でていると、ふたりが気持ちよさそうに頬《ほお》をとろけさせた。

「あ～……そこ気持ちいぃ～」

「日に日に撫で上手になっていくなぁ……」

「毎日撫でさせてもらってるからね。いつもありがと」

「こちらこそよっ。だけど……耳だけでいいの？　たとえば、しっぽとか……」

僕に耳を撫でられながら、オルテアさんがもじもじしつつ言った。

オルテアさんは過去に三回も解雇《かいこ》されている。その内二回は、しっぽを触《さわ》られて怒《おこ》ったことが原因だ。

そんなオルテアさんが、しっぽを触っていいと言うなんて。僕のことを心から信頼してくれている証拠《しょうこ》である。

僕はしっぽには興味ないけど、オルテアさんの気持ちは嬉しい。それに、もしかすると撫でてみれば好きになるかもしれない。光線欲と獣耳欲と収集欲に満足していたけれど、より人生を楽しむためにも好きなものが増えるのはいいことだ。

「撫でさせてもらうよ」

「うんっ。だけど、あんまり強くしないでね？」

オルテアさんが僕に背中を向けてきた。『し』の字になったしっぽをそっと掴んでみる。

短毛に覆《おお》われたしっぽは、さらりとした手触《てざわ》りだ。てのひらでしっぽを軽く包みこみ、根元のほうから先端にかけてスッと動かしてみると、オルテアさんがびくっと震《ふる》えた。

「ひゃぅ⁉」

「ご、ごめん。痛かった？」

「う、ううん。少しぞくっとしただけ。たとえるなら……背中を指先でなぞられるような感覚ね」

「それ、嫌《いや》じゃない？」

「知らないひとにされるのは嫌だけど、カイトなら全然嫌じゃないわっ。ねえ、もう一回してみて」

「いや、次は私がしっぽを撫でてもらう番だ」

「あとにしてよ。いまあたしが撫でてもらってるんだから」

「オルテア殿のしっぽは私が撫でてやろう」

「あたしはカイトに撫でてほしいのよっ！」

「私だって撫でられてみたいのだ！　オルテア殿は私の手で我慢《がまん》してくれ！　満足させてみせるから！」

「嫌よ！　あなたこそ、あたしの手で満足しなさい！」

ふたりが僕のまわりをグルグル走り、お互《たが》いのしっぽを追いかけ始めた。なんだか動物番組を見ている気分だ。じゃれあう友達を見ていると、ほほ笑《え》ましくなってくる。

しかし酔っているのにこれは危ない。

「走ると転んじゃう――」

なんて言っている最中に、ふたりの足がもつれた。僕のほうに倒《たお》れこみ、そのまま押し倒されてしまう。

　そのときだ。

　ビュビュビュビュビュビュビュビュビュ――――！

　耳をつんざくような風音が響いた。道端《みちばた》の街灯が次々と路上に倒れていく。そのうちのひとつが目の前に倒れ、石畳の破片《はへん》が顔に飛び散る。あとちょっと位置がズレていたら、街灯に頭を潰《つぶ》されるところだった。

「な、なな、なに⁉　なんなの⁉」

「い、いったいなにが起きたのだ⁉」

　僕の胸元でふたりが悲鳴を上げている。突風《とっぷう》にしては風に吹《ふ》かれた感じはしなかった。街灯を薙《な》ぎ倒すほどの強風が吹いたなら、僕らも吹き飛ばされていたはずだ。

　なにが起きたかはわからないけど、自然現象とは思えない。困惑《こんわく》しつつも起き上がり、念のためドーム型のシールドビームを展開すると――

「ひゃあ⁉」

「ま、またか！」

　バチバチと弾《はじ》ける音が響き、ふたりが頭を押さえてしゃがみこむ。本当に何事だ？

「わしの攻撃《こうげき》を弾くとは、やるのぅ」

近くの路地から声がした。無事だった街灯の下に、五人の人影《ひとかげ》が現れる。

ベリックさんと、かつて僕をナンパした四人の女性だった。

組み合わせも気になるが、もっと気になるのが先ほどの台詞《せりふ》……まるでベリックさんが僕らを襲《おそ》ったみたいな言い草だ。

もしそうならさっきの風は魔法。たとえば風の刃《やいば》なんかを飛ばしたのだと推測できるが、ベリックさんに命を狙《ねら》われる理由がわからない。ベリックさんとは今日が初対面で、軽く挨拶《あいさつ》を交わしただけだ。あるいは――

「どうしますかベリックさん？　カイトさん、暗殺できませんでしたよ」

「ほんとは最初のカマイタチで真っ二つになるはずだったのに……」

「心配はいらんよ、お嬢さん。密《ひそ》かに殺そうが、堂々と殺そうが、結果的にカイトくんを殺せるならどっちでもいいじゃろ」

「なんでカイトを殺すのよ⁉」

「まさか振られた腹いせか⁉」

フリーゼさんの言うように、僕の命を狙っているのはベリックさんではなく、彼女たちかもしれない。彼女たちはベリックさんの孫か親戚《しんせき》で、腹を立てて殺しを依頼《いらい》したとか。

しかし、いくら彼女たちを可愛がっているのだとしても、人生の最後を魔王との戦いに使おうとしているベリックさんが、殺しの依頼を引き受けるだろうか……？

「すまんな、カイトくん。死んでくれ」

「今度はなにする気よ⁉」

オルテアさんが血相を変える。ベリックさんが両手を僕に向け、手元に直径一メートルほどの赤い玉を生み出したのだ。一見するに火の玉だけど、炎《ほのお》のような揺らめきはない。魔法の正体がわからず、オルテアさんたちは不安そうに僕の腕にしがみついている。

赤々と輝《かがや》く玉はみるみるうちに小さくなっていき――ソフトボールサイズになると勢いよく放たれた。瞬《まばた》きする間もなく青白いシールドに直撃《ちょくげき》した次の瞬間、爆発音《ばくはつおん》が響き渡《わた》る。

視界が赤い閃光《せんこう》に塗《ぬ》り潰され――

視界が晴れたとき、シールドのまわりはドーナツ状に抉《えぐ》れていた。どうやら爆発《ばくはつ》を引き起こす魔法だったようだ。

シールド内には爆風《ばくふう》も熱風も押《お》し寄せなかったが……通り沿いの窓ガラスは割れ、壁《かべ》の一部が崩《くず》れている。屋内からは悲鳴とともに子どもの泣きじゃくる声が漏れ聞こえ、胸に怒りがこみ上げてきた。

「ベリックさん！　どうしてこんなことするんですか！」

「理由などない。ただ、どうしてもカイトくんを殺したいだけじゃ」

理由がないだって？　それってベリックさんには元々殺人衝動《しょうどう》があるってこと？　いや、だとしたらあんなふうに弟子たちに慕われないだろう。

有名な切り裂《さ》き魔のように夜な夜な密かに事件を起こしているならまだしも、ベリックさんはぞろぞろと女性を引き連れ、騒《さわ》ぎになるのも厭《いと》わずに襲ってきた。普段《ふだん》からそんなことをしていれば、犯行が明るみに出ないわけがない。

「さ、さっきからなんの騒ぎだ！」

「い、いいかげんにしないと魔法を浴びせるぞ！」

閑静な住宅地での爆音《ばくおん》に、そこらじゅうの家からひとが出てきた。マジックアイテムで武装しているひともいるようだが、下手にベリックさんを刺激すると殺されかねない。

「危ないので家に隠《かく》れててください！」

「襲われているのに他人の心配かね。きみは優《やさ》しい子じゃな。じゃったら――」

ベリックさんが僕から目を逸らした。まさか――！

嫌な予感が脳裏《のうり》をよぎり、外に出てきた人々をシールドで覆う。すると次の瞬間、風音とともにバチバチと弾ける音が響いた。そこかしこから悲鳴が響くなか、ベリックさんが朗《ほが》らかに笑う。

「ほっほっほっ。やはりきみは優しい子じゃな。ではきみがシールドから出てくるまで、王都中の住人たちを殺してまわるとしようかね」

それがただの脅しではないことは、さっきのカマイタチで理解した。僕が守らなければ、いまごろ道端は血の海になっていただろう。だったら――

「ほぅ、そう来たか」

僕はベリックさんたちをシールドで包みこむ。

魔法は必ずしも手元から発生するわけじゃない。ブラドさんの氷柱《つらら》のように、身体からある程度離れたところに発生させるマジックアイテムを持っていれば、シールドビームは意味を成さないが……

「きゃあっ⁉」

どうやら持ってないようで、女性がシールドを叩《たた》き、バチッと手が弾《はじ》かれた。これなら五人を無力化できる。

「触らないでください！　危ないですから！」

「わあっ、心配してくれるんですかっ？　カイトさんは本当に優しいひとなんですね！」

「じゃな。優しいカイトくんのことじゃから、わしらを解放してくれるじゃろ。でないと、わしらは死んでしまうからのぅ」

そう言って、ベリックさんは女性たちに目配せした。彼女たちはうなずき、一切《いっさい》の躊躇《ちゅうちょ》なく氷のつぶてを放った。散弾銃《さんだんじゅう》のように放たれた氷のつぶてはシールドに弾き返され、肌《はだ》をズタズタに傷つける。さらに火球を放つと火の粉が飛び散り、五人の肌が焼け焦《こ》げる。

自殺行為《こうい》だ。なのに一切ためらいはない。本当に死ぬのもお構いなしだ。

「ど、どうするのカイト⁉」

「こ、このままだと奴らは死ぬぞ⁉」

僕の友達を傷つけようとしたことは許せない。

だけど、だからって見殺しにはできない。ここで見殺しにすれば、楽しい異世界生活に影《かげ》が差してしまう。

それに、僕たちはろくに話し合ってないんだ。きっとなにか不幸な行き違《ちが》いがあるはず。事情を聞き、誤解を解き、和解をするのが一番理想の決着だ。

が、シールドを解けば襲われる。こちらからも攻撃しなければいつまで経《た》っても決着はつかないが、ビームを撃《う》てば殺してしまうことになる――

「……そうだ」

そういえば子どもの頃、テレビ画面から放たれるフラッシュを見て意識障害が起きたというニュースを見た。ビームだって光だ。それと同じことが起きてもおかしくない。

僕は脳内でイメージを描《えが》き、ベリックさんたちを覆うシールドを解除した。

「やはりきみは優しいのぅ。わしらを見殺しにしていれば、無事に済んだというのに」

「事情もわからずに襲われるのは嫌ですからね。どうして僕らを狙ったのか、明日にでも聞かせてください――！」

ベリックさんたちの足もとが輝き、ドンッと光柱が立ちのぼる。天高く伸びる光の柱は路上を明るく染め上げ、僕たちは反射的に目を逸らす。

浴びると意識を失う光線――スタンビームだ。

破壊《はかい》のイメージは付与《ふよ》してないので死にはしないが、デスビームのような軌道《きどう》を描けば関係ないひとを巻きこみかねないので、光の柱をイメージしてみた。

もう気絶した頃だろう。僕は眩《まばゆ》さに目を細めつつも光柱に向きなおり、スタンビームを解除する。

光が収まったとき、ベリックさんたちは路上に倒れていた。

「ど、どうなったのだ？」

「殺しちゃったの……？」

「ううん。気を失ってるだけだよ」

ふたりにそう告げ、外に出てきた人々を覆っていたシールドを解除する。彼《かれ》らは怖々《こわごわ》とこちらへ近づき、

「あ、ありがとう、助けてくれて……」

「そ、そのひと……ベリックさんか？」

「ほ、ほんとだ。まさかベリックさんがあんなことをするなんて……」

「僕も信じられません。いまは気絶してますけど、いつ目覚めるかわからないので、家に避難《ひなん》しててください」

「そ、そうさせてもらうよ。ベリックさんに襲われたんじゃひとたまりもないからな」

「きみ、助けてくれて本当にありがとう」

お礼の言葉を残し、みんなは家に引き返していく。

さて……

「いまのうちにマジックアイテムを回収しよう。怖《こわ》いなら離《はな》れた場所にいてくれてもいいけど――」

「私は勇敢《ゆうかん》なので怖くないぞ！」

「あ、あたしもカイトがいれば平気だから……」

「ありがと。助かるよ」

女性の服をまさぐるのは抵抗《ていこう》があるので、手伝ってもらえるとありがたい。

ふたりには女性を任せることにして、僕はベリックさんからマジックアイテムと思《おぼ》しきものを取り上げていく。魔石と思しき水晶玉《すいしょうだま》がついた指輪を外そうとして……

「……あれ？」

「どうしたの？」

「いや、これ……」

ベリックさんのてのひらに、ピンバッジが突《つ》き刺《さ》さっていた。Ａ級冒険者《ぼうけんしゃ》の称号《しょうごう》である金ぴかのピンバッジだ。

そしてベリックさんの服の襟には、同じものが挿《さ》してある。

「なぜベリックは二個も持ってるのだ？」

「再発行したあとに、なくしたと思ったのが見つかったんじゃない？」

「だとしても、なぜ手に突き刺しているのだ？」

「二度となくさないように、手に刺したんじゃない？」

「そんなことをするか……？」

「知らないわよ。このひとの考えてることなんか。それよりさっさと回収するわよ」

ふたりは女性たちの身体をまさぐり、シャツをめくってマジックアイテムを隠し持ってないか確かめる。それを見ないようにしつつ、ベリックさんから指輪とペンダントを回収した。

どれも小さな魔石ばかりだ。どうして初対面のときに握《にぎ》っていた大きな魔石つきの杖《つえ》を持ってこなかったんだろう？　どんな魔法かはわからないけど、不意打ちでカマイタチを放つ前にあれを使えば僕を殺せてたかもしれないのに。

僕を侮《あなど》っていただけか、それとも突発的《とっぱってき》に殺そうと決めたのか……。

「あら？　こっちも……」

「なにかあったの？」

「ううん。たいしたことじゃないんだけど、ふたりとも手に傷があるの」

「あんなにシールド内で暴れてたからね」

「だけど針で刺したような小さな傷だし……しかも、こっちの娘《こ》は治りかけてるのよ？」

「治りかけてる？」

気になったので見せてもらうと、ふたりの手には同じような場所に同じ傷跡《きずあと》があった。太めの針で刺したような傷跡だ。

フリーゼさんからも同様の報告があり、もしやと思って見てみると、ベリックさんの手にも同じ傷がついていた。真新しく、まだかさぶたもできてない。きっと日が暮れてからできた傷だ。

「おそらく、なんらかの虫に刺されたのだろう。それより、ベリックたちはどうする？」

「とりあえず治して、あとは治安隊に預けるよ」

治安隊は警察みたいな組織だ。事情を説明しても信じてもらえるかはわからないけど、このまま道端に放っておくわけにはいかない。

ベリックさんたちにキュアビームを放つ。ミストシャワーのように光の粒子《りゅうし》が降り注ぎ、瞬《また》く間《ま》に傷を治療《ちりょう》していき——

「そこでなにをしている！」

突然《とつぜん》、空から怒鳴《どな》り声が響いた。

マントを羽織った三人組が路上に舞《ま》い降《お》り、ベリックさんを見てぎょっと目を見開く。

「ベリックさんじゃないか！」

「これはきみたちがやったのか⁉」

「いったいここでなにが起きた！」

「ベリックさんたちに襲われたんです。気絶しているだけなので、じきに目覚めます」

「ベリックさんが、襲う……？」

三人とも一様に困惑顔《こんわくがお》だ。襲撃《しゅうげき》なんて、普段のベリックさんからは想像もつかない行為なのだろう。彼らにしてみれば、僕たちがベリックさんを襲ったと考えるほうが自然だ。

「言っておくが、我々が彼らを襲ったのではないぞ」

「その辺に住んでるひとに聞けば証人になってくれるわ！」

聞き耳を立てていたのだろうか。オルテアさんの叫《さけ》びに呼応するように、あちこちの家からひとが出てきた。

そして口々に「彼らがいなければ大惨事《だいさんじ》だった！」「きみたち治安隊にかわって彼らが守ってくれたんだ！」と僕らの無実を証言してくれる。

彼らが治安隊らしい。近くに隊舎があるし、光の柱を見て慌《あわ》てて駆《か》けつけたのだろう。

「疑って悪かった。しかし……きみが勝ったのか？　あのベリックさんに……」

「カイトは強いんだから！　A級冒険者にだって負けないわ！」

「カイト……そうか、きみがカイトか」

「僕を知ってるんですか？」

「あちこちで噂《うわさ》になっているよ。まさかベリックさんに勝つほどとは思わなかったが……とにかく、ご苦労だった。彼らの処遇《しょぐう》は我々に任せるといい」

「ただ、念のため話を聞かせてほしいので、明日の朝にでも隊舎に来てくれないか？」

「わかりました」

治安隊は僕らに一礼すると、ベリックさんたちを魔法で浮《う》かせ、夜空へ飛び去っていく。

僕らのために証言してくれたひとたちも家に入り、住宅地は再び静寂《せいじゃく》に包まれた。

オルテアさんが疲《つか》れを吐き出すように嘆息《たんそく》する。

「ものすごく疲れたわ……」

「まったくだ……」

「僕もだよ。……ところで、ふたりとも酔《よ》ってたんじゃないの？」

体調をたずねてみると、ふたりはハッとした。

「さ、さすがに酔いも覚めるわよっ！」

「べ、べつに酔ってたふりをしていたわけではないからなっ？」

顔を赤らめ、慌てた様子でそう言うと、しっぽを撫でてとせがむことなく、夜道を歩きだしたのだった。

◆

ガラス窓から朝日が差しこみ、絨毯《じゅうたん》に日射《ひざ》しが溶《と》けこんでいく。

そんな明るく彩《いろど》られていく部屋のなか、ブラドは苛立ちを募らせていた。

（五人もいながら、なぜ人間ひとり殺せぬのだ！）

夜が明けてもベリックから任務達成の報《しら》せがないからだ。

相手はB級。真正面からぶつかってもベリックが負けることはない。そのうえカイトは襲撃に遭《あ》うとは思っていない――油断しきっているのだ。ベリックならば速やかに暗殺を成《な》し遂《と》げると思っていた。

だというのに、ベリックからの連絡《れんらく》はない。連れ立った四人の女からもだ。

当然、裏切りはありえない。

なぜなら、ブラドだけが扱《あつか》える洗脳魔法は破る術《すべ》がないから。

傷口から直接魔力《まりょく》を流さなければならないという条件はあるものの、それさえ満たせばこれほど便利は力はない。

将来有望な冒険者だろうと、多くの男をとりこにする美女だろうと、二期連続で剣聖《けんせい》を務めた古豪《こごう》だろうと、意のままに操ることができる。

たとえ離れた場所にいても、命令は脳内で下せる。声を出さず、脳と脳で念話ができる。あちらから無断で話しかけてくることはないが、ブラドがひとたび念話を送れば速やかに返答が来る。

なのに返事が来ない――夜更《よふ》けからベリックたちに状況《じょうきょう》を知らせろと命じているのに、一向に返事が来ないのだ。任務に失敗したあげく、気絶したか殺されたとしか思えない。

(簡単な命令にすら従えぬとは……役立たずどもが)

計画が上手《うま》く行かず、胸の内に怒りがこみ上げてくる。

ブラドは昨年、ある計画を引っさげて大陸北部から王都にやってきた。それというのは国王を洗脳し、国を裏から操ること。そして国を支配した暁《あかつき》には、敬愛する人物の望みのままに国を動かすつもりだった。

ここは第一区画の中枢《ちゆうすう》近く。王城とは目と鼻の先である。やろうと思えば城に乗りこむことはできる。

だが、城の守りは厳重だ。無血開城は不可能である。力ずくで攻《せ》めこめば国王を殺してしまいかねない。

生かしたまま洗脳できたとしても、城に攻めこんだブラドはお尋《たず》ね者になってしまう。最悪の場合は洗脳さえできればいいが、国王と一対一で対面し、誰《だれ》にもバレずに洗脳するのが理想である。

そのための剣聖だ。

二ヶ月ほど前までは万事《ばんじ》順調に進んでいた。

唯一《ゆいいつ》の懸念《けねん》といえばベリックの存在だけだった。念のためB級冒険者を洗脳していたが、ブラド以外に剣聖になる者がいるとすれば、ベリックしかいないと考えていた。

しかし、この二ヶ月でそれ以上の障害が現れた。

（A級を退けるとは……何者なのだ、あの人間は）

破竹の勢いで魔物《まもの》を狩《か》り続け、ブラドを上回るスピードでB級になった。そればかりか、ブラドが放った魔法をいとも容易《たやす》く防いでみせた。

ただ獣人《じゅうじん》を殺すだけだ。虫を殺すのと変わらない――本気を出したわけではない。

だが、それでも殺すつもりで放った魔法を易々《やすやす》と弾き返したのは驚嘆《きょうたん》に値する。

さらには二期連続で剣聖を務めたベリックが『剣聖に相応《ふさわ》しいのはカイト』と評した。

これ以上、カイトを野放しにはできない。

（あんな人間に、計画を狂《くる》わされてたまるか！）

ブラドが剣聖になるためには、カイトを操って自害させるのが一番だ。

洗脳すれば自害させるのは簡単だ。死ねと命じれば喜んで死ぬ。

問題は、洗脳の条件だ。

傷はいつものように指輪に仕込《しこ》んだ針でつければいい。

たいていの人間は、内心ブラドのことをどう思っていようと、手を差し出せば握手には応じてくれる。

ただ、洗脳のために魔力を流しこむと、脳に異常をきたすのだろう。相手は白目を剥《む》いたり、痙攣したり、よだれを垂らしたりといった反応を見せる。誰かに洗脳の瞬間を目撃《もくげき》されればブラドが怪《あや》しまれてしまう。

いつものようにふたりきりになる状況を作りたいところだが……カイトはいつも獣人を侍《はべ》らせている。

目撃者《もくげきしゃ》が獣人だけなら消すのは造作もないことだが……獣人を同伴《どうはん》してもいいので家で話したいと告げたところで、美女の誘《さそ》いを断るような男が首を縦には振らないだろう。

となれば、街中に潜伏《せんぷく》している配下に殺させるしかない。

ベリックですら成し遂げることができなかった暗殺を、Ｂ級で燻《くすぶ》っているような連中が成し得るとは思えないが。

しかし洗脳を解くマジックアイテムなど存在しない――ブラドが死なない限り、洗脳を解くことはできないのだ。

配下が返り討《う》ちに遭って捕《つか》まったところで、ブラドに指示されたと口を割ることはない。望《のぞ》み薄《うす》だが、こちらにリスクがないのであれば、狙わせるだけ狙わせたほうがいいだろう。

とはいえ……

（念のため、もうひとつの計画を動かしておいたほうがよいかもしれぬな）

できることなら国を手に入れ、裏から操りたいけれど。

もうひとつの計画でも、敬愛する人物の――魔王《まおう》の役に立つことはできる。

魔王軍の大幹部どもが成し遂げられなかったことを成功させた暁には、ブラドの地位は確固たるものとなり、魔王の寵愛《ちょうあい》を賜《たまわ》ることもできるだろう。

「さて、そうと決まれば——」

さっそく脳内で配下に命令を下そうとしたところ、ノック音が響いた。

《 第五幕　三つの欲より大切なもの 》

その日の朝、僕《ぼく》たちは城の裏手に佇《たたず》む治安隊の隊舎を訪《おとず》れていた。

僕たちが訪問する話はちゃんと共有されているようで、出入り口前で見張りをしていた隊員に話しかけると、お待ちしてました、と三階の一室へ案内してくれた。

こちらです、と隊員に入室を促《うなが》されると、そこは執務室《しつむしつ》のようだった。机のうしろには大きな窓があり、そこから城が間近に見える。

大迫力《だいはくりょく》だ。オルテアさんにしてみれば理想的な空間だろうが、彼女《かのじょ》は城を見ていない。

フリーゼさん共々不安げな顔をして、椅子《いす》に腰《こし》かけた貫禄《かんろく》のある中年男性を見ていた。

「案内ご苦労。下がっていいぞ」

「はっ！」

隊員が部屋を出ていくと、中年男性が僕たちの顔を見まわした。

強面《こわもて》の男性と視線が交わり、ふたりは借りてきた猫《ねこ》のように大人しい。そんな萎縮《いしゅく》するふたりを見て、おじさんはにこりと笑みを浮かべた。

「そう怖がらずともよい。きみたちには感謝しているのだ」

「私はべつに怖がってなどないぞっ！」

「そ、それに感謝してる顔には見えないわよ！」

「強面は生まれつきなのだ……おかげで孫にもよく泣かれる」

ため息を吐《つ》きつつ、おじさんが着席を促した。

僕たちがソファに腰かけると、彼は真剣《しんけん》そのものの眼差《まなざ》しで言う。

「私は治安隊の隊長を務めるファベルだ。きみたちの活躍《かつやく》は聞いている。我々にかわって町を守ってくれたそうで……本当に感謝する」

「いいえ、感謝されるほどのことでは……。ベリックさんたちは僕を殺そうとしただけで、僕はそれを撃退《げきたい》しただけですから」

「だとしても、きみたちがいなければ市民が犠牲《ぎせい》になっていたと聞いている」

「きみたちっていうか、カイトよ」

「私たちもカイト殿に救われたひとりに過ぎない。カイト殿がいなければ、いまごろ私は死んでいた。あらためて感謝する！」

「感謝だなんて。むしろ僕のほうこそ巻きこんじゃってごめんね。僕の近くにいなければ、怖い思いをせずに済んだのに」

「カイトが謝《あやま》ることじゃないわよっ！　悪いのはベリックたちなんだから！」

「まったくだ！　あと私は怖い思いなどしていないっ！」

ふたりの気持ちはわかっていたけど、こうやって気にしていないと言葉にしてもらえるのは嬉《うれ》しい。

ただ、今後も命を狙われるようなら、ふたりのためにも距離《きより》を置かないといけない。

なぜならベリックさんは釈放《しやくほう》されるから。Ａ級の特権で殺人以外の罪は免除《めんじよ》されるため、僕を殺すまで同じことを繰《く》り返すかもしれないのだ。

本当に、なぜ僕はそんなにもベリックさんに恨《うら》まれているのだろう。

そもそも、なぜあのタイミングで襲ってきたのだろう。僕に恨みがあるなら、初対面のときに襲ってきていたはず。完全に油断していたし、あのときカマイタチを放っていれば、僕を殺すこともできただろうに……。

あのとき殺そうとしなかったということは、当時は僕に殺意を抱《いだ》いていなかったということだ。自己紹介《しようかい》で気に障《さわ》るようなことは言ってないし……僕たちと別れたあとに殺意が芽生えたのだろう。

考えられる理由としては、ふたつある。ひとつはナンパに失敗した四人の女性に殺害を依頼されたこと。そしてもうひとつは――

「あの、この国にひとを凶暴化《きょうぼうか》させる虫とかいます？」

「ん？　どういう意味だね？」

「もう治してしまいましたけど……ベリックさんと、一緒《いっしょ》にいた四人の女性の手に、針で刺したような傷跡があったんです」

「長いこと王都に住んでいるが、そんな虫がいるなんて話、聞いたことがないな」

「そうですか……」

　まあ、そりゃそうか。そんな虫がいれば王都の治安は最悪だろうに、この二ヶ月で事件らしい事件の噂は聞いていない。なにより本当にそんな虫がいたとして、刺されたひとが揃《そろ》いも揃って僕を狙う理由がない。

　となると、やはり王都に戻《もど》ったあとに四人からナンパに失敗した話を聞き、僕を殺しに来たのだろうか。

「ベリックさんと女性たちの関係ってわかりますか？」

「わからないが、少なくとも身内でないことは確かだ。ベリックは独身だからな」

　身内じゃない？　なのに殺しの依頼を引き受けたってこと？

　百歩譲《ゆず》って可愛《かわい》がっている孫でも殺しの依頼を引き受けるのは信じがたいが、身内じゃないならますます理解しがたい行為だ。余生を魔王との戦いに使おうとしていたベリックさんが、いまさらお金のために殺しの依頼を引き受けるとも思えないし……。

いくら考えても事情はわからない。本人たちに直接訊《き》かないと。

「ベリックさんたちは、いまどこに？」

「地下牢《ちかろう》だ。私も事情を聞きたいが、五人とも気を失ったままだぞ」

スタンビームの効果は、まだ続いているようだ。ただ気絶させるだけのビームなので、いつかは目覚めるだろうけど……。

「会わせていただけますか？」

あんなに僕を殺したがっていたのだ。僕が近づけば殺意が疼《うず》き、本能的に目覚めるかもしれない。

もしくは新たにビームを開発すればいい。どんな眠《ねむ》りも一発で覚めるモーニングビームみたいなのを。

「いいだろう。案内しよう」

執務室をあとにすると、ファベルさんの案内で地下へ向かう。

地下牢へ通じる階段を下りていると、隊員が駆け上がってきた。

「あっ、隊長殿！　ちょうどいいところに。いましがた五人が意識を取り戻しました」

「本当か」

「ええ。ですが、なにやら様子がおかしく……」

僕たちは階段を下り、地下牢を訪れる。ひんやりとした空気が漂《ただよ》う地下牢には、女性のすすり泣く声や、怒鳴り声が反響《はんきょう》していた。

「早くここから出してください！」

「こんなの横暴だわ！」

「ううっ……お家《うち》に帰してくださいよぉ……」

「うわぁ〜ん！　お父さ〜ん！」

牢屋のなかで女性たちが喚《わめ》いている。そのとなりの牢屋では、ベリックさんが困惑顔を浮かべていた。

ファベルさんが牢屋番の隊員にたずねる。

「なにがあった？」

「いえ、それが……目覚めたかと思うと、なぜ閉じこめているのかと突然《とつぜん》叫《さけ》び始めまして。殺人未遂《みすい》を犯《おか》したからだと説明したところ――」

「そんなことしてません！」

「こんなのなにかの間違《まちが》いです！」

「お家に帰してよ！」

「――と騒ぎ始めまして」

隊員は困り顔で説明した。仕事とはいえ、泣き叫ぶ女性たちを閉じこめるのは心苦しいのだろう。

「きみたちはベリックと共謀《きょうぼう》し、ここにいる三人を襲ったのだ。目撃者も大勢いる。いまさら泣いたところで許されることではない」

「やってません！　そんなこと！」

「本当です！　信じてください！」

ファベルさんはため息を吐き、今度は鉄格子《てつごうし》越しにベリックさんを見る。

「ベリックは、どうだ？　きみも彼女たちと同じことを言うのかね？」

「目撃者がいるなら、わしがカイトくんを襲ったのは間違いないのじゃろう。……じゃが、信じられぬかもしれぬが、身に覚えがないのじゃ」

そう言うと、ベリックさんは僕を見る。心配そうな口調で、

「わしに襲われて、怪我《けが》はなかったかね？」

「怪我はしてませんけど……」

「そうか……噂通り、強いのじゃな」

ベリックさんは、安心したようにため息を吐いた。その穏《おだ》やかな表情からは、初対面の

ときと同じ優しい雰囲気《ふんいき》を感じ取ることができた。

昨夜のベリックさんとはまるで違う。彼女たちにしても、僕が知ってる四人とは別人のように感じる。

うつろだった瞳《ひとみ》には感情が宿っているし……昨日は自殺まがいの行動を取っていたのに、こうして逮捕《たいほ》されたことに動揺《どうよう》している。

僕を殺すためなら死んでも構わないと思っていた人間が、いまさら逮捕されたくらいで泣くだろうか？

演技のようにも見えないし……本当に、昨日のことを覚えていないのかもしれない。

だとすると――。自分の意思とは無関係に僕を襲ったとなると、誰かに操《あやつ》られていたとしか思えない。

たとえば洗脳薬があり、五人はそれを手に注射されたのかもしれない。もしそうなら、共通の傷跡があることにも説明がつく。

気になるのは、なぜ手に注射痕《こん》があるかだ。街中ですれ違い様に注射したのだとすれば、普通《ふつう》は肩《かた》とか腕《うで》に刺すだろう。すれ違い様ではなく睡眠薬《すいみんやく》で昏睡《こんすい》させてから注射したのだとしても、手のひらに刺す理由が思いつかないが……

「……」

そういえば、と前世のことを思い出す。

夜中に放送していたスパイ映画のなかで、手に針を刺すシーンがあった。指輪に毒針が仕込まれていて、握手《あくしゅ》で相手を昏睡状態にさせるのだ。

もしそうなら、五人は真犯人と握手を交《か》わしたことになる。その人物が針付きの指輪を持っていれば、五人の無実を証明できるかもしれない。

僕は泣きじゃくる女性たちに向きなおった。

「皆《みな》さん、落ち着いて僕の話を聞いてください。上手くすれば、ここから出すことができますから」

「ほ、ほんとですか⁉」

「私たち、出られるの⁉」

「き、きみ、そんな勝手な約束をされては困るよ」

「ファベルさんも聞いてください」

「ま、まあ、話くらいは聞かせてもらうが……きみには町を守ってもらった恩があることだしな」

ありがとうございます、と告げ、まずはベリックさんにたずねる。

「ベリックさん、目覚める直前の記憶《きおく》っていつになりますか？」

「夜じゃよ。弟子《でし》と別れ、ブラドくんの家を訪れ、目覚めたらここにいたのじゃ」

昨日、ベリックさんはブラドさんに会うと言っていた。三ヶ月前の約束を守ろうとしたということは、ブラドさんの家を訪れるまでは自分の意思を持っていたということだ。

「そ、そういえば……私もブラドさんに会ってます」

「本当ですか？」

「はい。うちの店でたくさん果物を買ってくださって、家に届けるように言われて……」

「……気づいたら、ここに？」

はい、と女性がうなずく。残る三人も、直前にブラドさんに会っていたと語りだした。

それぞれ理由は違えど、ブラドさんの家を訪れたのは共通している。

「きっとあいつがなにかしたのよ！」

「あの男ならやりかねん！　先日の恨みを晴らすため、我々を葬《ほうむ》ろうとしたのだ！」

憤《いきどお》るオルテアさんとフリーゼさんに、僕は同意の意をこめてうなずいた。

「そうだね。ブラドさんが五人を操って、僕を殺そうとしたんだと思う」

「しかしだね。大前提として、他人を操ることなどできないぞ」

「どうやって操ったかは、本人に直接訊けばいいことです」

「しかし、問いただそうにも、素直《すなお》には認めないだろう。そもそもブラドがやったという証拠《しょうこ》もないのだぞ」

「ブラドさんが犯人なら、指輪に針を仕込んでいるはずです」

「そっか！　それなら握手しただけで針を刺せるわね！」

「それで手に傷跡がついていたのだなっ！」

ふたりは納得《なっとく》してくれたが、ファベルさんは難しい顔をしていた。

「仮に指輪に針が仕込まれていて、それを刺すことで洗脳できたのだとしても……Ａ級の特権を持っている以上、ブラドを取り調べることはできないぞ」

治安隊には、ただブラドさんに質問することしかできない。洗脳したかと問われたら、ブラドさんは否定するに決まっている。

否定されればそれ以上取り調べはできず、証拠が手に入らないのでは五人の無実を証明できない。釈放されるのは、同じく特権を持つベリックさんひとりだ。

しかし――

「心配いりません。僕の予想が正しければ、ブラドさんを取り調べることはできますから。ただ、そのためにはギルドが営業を始める前にブラドさんを取り押《お》さえないといけません。ですのでブラドさんの家に案内してほしいのですが……」

「すまないが、彼がどこに住んでいるかは知らないのだ」

「わしが知っておる。案内させてくれ」

ベリックさんは特権があるため釈放される。どのみち僕はベリックさんとブラドさんの家へ行く。

ファベルさんはうなずき、

「わかった。私も同伴しよう」

話が決まり、僕は女性たちに告げる。

「必ず無実を証明してみせますから、もうちょっとだけ辛抱《しんぼう》してください」

安心感を促すように優《やさ》しく告げると、彼女たちはうっすらと顔を明るくした。

「は、はい、ありがとうございます……」

「お願いします、カイトさん……」

「私、カイトさんに酷《ひど》いことをしたみたいなのに……ごめんなさい」

「ここから出ることができたら、必ずお礼をしますから……」

「気にしないでください。僕はただ、僕の友達に酷いことをした真犯人を捕まえたいだけですから」

彼女たちが責任を感じずに済むようにそう告げると、僕たちは地下牢をあとにした。

◆

ブラドさんの家は第一区画にある館《やかた》だった。

僕がドアをノックすると、ややあってブラドさんが顔を出した。何事かと怪訝《けげん》そうに僕たちの顔を見まわして——

「……なっ⁉」

ベリックさんを見た瞬間《しゅんかん》、驚愕《きょうがく》したように目を見開く。

「ど、どういうことだ……なぜ貴様が……」

「わしがここにいることが、そんなに不思議かね？」

「い、いや……突然の来訪に驚《おどろ》いただけだ。いったいなにしにここへ来た」

「きみに訊きたいことがあるのじゃ。わしは昨夜、きみの家を訪れ、そこから先の記憶がすっぽり抜《ぬ》けておるのじゃが……なにか知らんかね？」

「……貴様、なにも覚えてないのか？」

「そう言ったが？」

「そうか……そうだろうな。昨夜は話が弾《はず》み、貴様はかなりの酒を飲んでいた。あれだけ酔っていれば記憶が抜けるのも当然だ」

ベリックさんは、はて、と首を捻《ひね》った。

「いくら話が弾もうと、わしが酒を飲むことはないよ。酒は嫌《きら》いじゃからのぅ」

「貴様の嗜好《しこう》など知るか！　昨日は飲んでいた――だから記憶が抜けているのだ！　話はそれだけか？」

「いえ、まだです」

僕が口を挟《はさ》むと、ブラドさんが目を光らせた。赤い瞳には怒《いか》りが滲《にじ》んでいる。

「私は忙《いそが》しいのだ！　B級に構っている時間などない！　全員揃って即刻《そっこく》消え失《う》せろ！」

「すぐに済みます。その指輪、見せてくれませんか？」

ブラドさんの右手には、三つの指輪がはめられている。内二つには魔石と思《おぼ》しき水晶《すいしょう》がついているが、人差し指にはシンプルで無骨な指輪がはめられていた。身なりのいい彼《かれ》の趣味《しゅみ》とは思えない。

「なぜ貴様に見せねばならん！」

「単刀直入に言うと、指輪に仕込んだ針を握手する際に刺すことで、ベリックさんたちを洗脳したんじゃないかと疑ってます」

「なっ!?　なにを言っているのだ貴様は！　無礼にもほどがあるぞ！」

「無礼は承知です。お願いなので見せてくれませんか？　そうすればブラドさんの疑いは晴れますから」

「断る！　さっさと消え失せろ！」

「いえ、見せてもらうまでは帰れません。女性たちの無実がかかってますから」

「さあ、おとなしく見せろ」

切迫感《せっぱく》を漂わせ、必死そうに僕たちを追い返そうとするブラドさん。そんな彼を見て、疑いを強めたのだろう。半信半疑でついてきたファベルさんが、強い口調で言った。

「見せろだと？　貴様にそんな権限はなかろうが！」

「私は治安隊に所属している。怪しい人物がいれば、取り調べをする権限がある」

「それがどうした！　貴様はＡ級の特権を知らんのか！」

「いまのブラドさんに、Ａ級の特権はありませんよ。だって、Ａ級の証《あかし》をつけてないじゃないですか」

「証だと？　証ならここに……っ⁉」

ブラドさんは胸元《むなもと》に視線を落としたが、襟《えり》にピンバッジはついていない。

「ちなみにですが、家を探しても見つかりませんよ。ブラドさんのピンバッジは、ここにありますから」

僕はポケットから金色のピンバッジを取り出した。昨日、ベリックさんの手に刺さっていたピンバッジだ。

ここまでの道中にベリックさんにたずねたところ、ピンバッジを再発行したことはないのだとか。

王都にいるA級はベリックさんとブラドさんのふたりだけ。さらに直前にブラドさんに会っているとなれば、これの持ち主はブラドさん以外にありえない。

「な、なぜ貴様がそれを……」

「ベリックさんの手に突《つ》き刺《さ》さっていたんです」

「――ッ！」

ブラドさんがハッとする。どうやら思い当たる節があるようだ。

推測するに、きっとベリックさんは意識が朦朧《もうろう》とするなか、誰かにブラドさんの犯行に気づいてもらおうと、咄嗟《とっさ》の判断でピンバッジを掴《つか》み取ったのだろう。落とさないように強く握《にぎ》りしめたことで、手に突き刺さってしまったのだ。

「これは僕の推測に過ぎませんけど……洗脳されると、命令されたこと以外の行動はできないんでしょうね」

洗脳されたひとが痛みを怖《おそ》れないことは、シールド内で起きた自殺行為《こうい》を見ればわかる。だからベリックさんは手にピンバッジを突き刺したまま平然と僕を襲《おそ》ってきたのだ。

「……洗脳だと？　下らん！　そんな魔法《まほう》など存在しない！」

「僕は魔法なんて一言も言ってませんよ。なぜ洗脳薬じゃないってわかったんですか？」

「魔法だろうと薬だろうとどっちでもよかろうが！　そもそもピンバッジがなかろうと、私がＡ級であることに変わりはないだろう！」

苛立《いらだ》たしげに怒鳴り散らすブラドさんに、ファベルさんは首を横に振《ふ》る。

「きみをＡ級だと証明できるものがこの場には存在しないのだ。さあ、おとなしく指輪を見せろ。それがただの指輪なら、おとなしく引き下がる。だが、彼の言う通りだったなら、きみには隊舎へ来てもらい、指輪の用途《ようと》を含《ふく》め、じっくりと取り調べをさせてもらう」

「黙《だま》れ！　仮に針つきの指輪を持っているからといって、私が洗脳したという証拠はないだろう！」

「物的証拠はありませんが、状況証拠《じょうきょうしょうこ》ならあります」

「じょ、状況証拠だと……？」

「僕は洗脳を解けますからね。ブラドさんのパーティメンバー全員の記憶が抜けていて、直前にブラドさんに会ったと口を揃えて言えば、ブラドさんが洗脳していたという証拠になりますよね？」

そうなるな、とファベルさんはうなずき、

「おとなしくついてこい。抵抗《ていこう》するようなら治安を乱したと見なし、この場でお前を逮捕する」

ブラドさんが、わなわなと震《ふる》える。血走った目で僕を睨《にら》みつけ、歯を軋《きし》ませながら唸《うな》るように言う。

「この私の計画を狂わせたこと……いまに後悔《こうかい》するぞ」

計画が狂ったってことは……

「犯行を認めるってことですか？」

「……ああ、そうだ。私が操り、貴様を葬ろうとした。こうやってな！」

ブラドさんの視線が、僕らのうしろに向けられた。

ハッとして振り返ると、男のひとが氷柱《つらら》を放つ寸前だった。

「危ない！」

咄嗟にシールドビームを展開。それと同時に氷柱が放たれ、バチバチと音を立てて砕《くだ》け散る。

「奴《やつ》はブラドの仲間か⁉」

「あいつに洗脳されてるのよきっと！」

第二撃が来る前にシールドを解き、キュアビームを放つ。青白いミストシャワーが襲いかかり――

「……ここ、は？」

彼は夢から覚めたような顔をした。ぼんやりとした目で、ここはどこかと不思議そうに周囲を見ている。かなり戸惑《とまど》っている様子だが、事情を説明している暇《ひま》はない。

ブラドさんが、消えていたのだ。おまけに――

「きゃあ⁉　なになに⁉」

「なんの音だ⁉」

近くで爆発音《ばくはつおん》がした。城のほうから黒煙《こくえん》が立ちのぼっている。さらに遠くのほうからも悲鳴が聞こえ、僕はブラドさんのやろうとしていることを理解する。

「あの男、仲間を暴れさせているのか⁉」

「まさか王都を消し飛ばすつもりなの⁉」

証拠隠滅《しょうこいんめつ》か自暴自棄《じぼうじき》になっているだけかはわからないが、このままだと王都が壊滅的《かいめつてき》な打撃《だげき》を受けてしまう。特に魔法が使えず、自衛の手段を持たない獣人街が襲われればひとたまりもないだろう。

「だと思う！　みんなの洗脳を解かないとだけど――」

ドゴォン！　ふいに屋根が砕け、瓦礫《がれき》が飛び散ってくる。頭上にシールドを展開しつつ見上げると、人影《ひとかげ》が上空に飛んでいった。

　ブラドさんだ。そのまま逃《に》げることなく空中で静止したところを見るに、町を破壊《はかい》する気じゃ――

「ブラドさんは僕がなんとかします！　ベリックさんはこれを！」

　ベリックさんに皮袋《かわぶくろ》を渡《わた》す。中身は昨日回収したマジックアイテムだ。

「それで暴れてるひとたちを鎮圧《ちんあつ》してください。生きてさえいれば僕が治せますから！」

「承知したのじゃ！」

　ベリックさんとファベルさんはすぐさま騒《さわ》ぎが起きているほうへ飛んでいく。

「ふたりはここにいて。すぐに終わらせるから」

「う、うん。頑張《がんば》ってね、カイト！」

「直接の手助けはできないが、全力で応援《おうえん》するのでな！」

「ありがと！　助かるよ！」

　友達を守るためなら無限に力が湧《わ》いてくる。

　ふたりをシールドビームで包み、僕はジェットビームでブラドさんのもとへ向かった。

　高度約三〇〇メートル。この高さからだとひとの姿は見えないが、王都のあちこちから黒煙が立ちのぼっているのがはっきりと見えた。洗脳された冒険者《ぼうけんしゃ》が街中から、あるいは空中から火の玉を放っているのだ。

彼らを倒《たお》すのは簡単だが、ブラドさんに操られているだけだ。傷つけることはできない。かといってスタンビームで気絶させれば落下死だ。キュアビームを使おうにも、ブラドさんが彼らを逃げまわらせるだろう。

洗脳されたひとたちを治癒《ちゆ》するのはあとまわし。まずはブラドさんをなんとかしないと。でも、その前に――

上空からの攻撃《こうげき》だけは防ごうと、シールドビームを展開する。城を起点としてパラソル状に広がっていき、ドーム型のシールドが王都全域を包みこむ。次々と放たれる火の玉を、青白い薄膜《はくまく》がバチバチと音を立てて弾《はじ》いていく。

「な、なんだその魔法は⁉」

一五メートルほど前方に浮《う》かび、ブラドさんが驚愕している。その手には、さっきまで持っていなかった青い水晶つきの杖《つえ》が握られていた。

「なぜたったひとりの魔力で王都全域をカバーできる⁉　貴様、本当に人間か！」

「人間ですよ！　あなたこそこんな酷いことして……人間の心はないんですか！」

「あるわけなかろうが！　私は人間のような下等種族ではないのだからな！」

「……えっ？」

人間じゃない？　それって、つまり……

「私は魔王様の忠実なしもべにして魔王軍幹部——ヴァンパイア・ロードだ！」

危険度Aの魔物のなかには高い知能を持ち、人間のように振る舞《ま》う個体がいると聞いていたが、まさかここまで擬態《ぎたい》が上手《うま》いとは思わなかった。

魔王領と隣接《りんせつ》する国ならまだしも、最も離《はな》れたこの国にA級魔物が潜《ひそ》んでいたなんて。

「どうして魔王軍の幹部がこんなところに！」

「魔王様のために国王を操り、戦争を起こしてやろうとしたまでだ」

仲間を背後から撃《う》つようなものだ。国同士の戦争が起これば人間は魔王との戦いどころじゃなくなる——この国どころか、世界がめちゃくちゃになってしまう！

「貴様のせいで計画は狂ってしまったが、次善の策は用意している。この国を滅《ほろ》ぼすだけでも、魔王様はお喜びになるだろう！」

「そんなことさせない！」

見た目は人間だが、彼は——ブラドは魔物。なにより怖ろしい思想を持っている。殺すことを躊躇《ちゅうちょ》してはいけない。これまでの魔物と同じように、せめて一撃《いちげき》で——苦しまずに済むように倒してやろう。

竹刀《しない》を握る構えを取ると、手元にソードビームが生み出された。避《よ》けられないように、横に振り抜きながら一気に伸《の》ばす。

スパンッ！　と首を切断。頭部がぐらりと倒れ……宙ぶらりんになる。頭と胴体《どうたい》が血で繋《つな》がっているのだ。

ぎゅるぎゅると血が胴体に吸いこまれていき、首が元の位置に戻った。

「無駄《むだ》だ！　そんな魔法では不死身の私を殺すことなどできぬ！」

「殺すことが……できない？」

そんなバカな！　きっと首を落とすのが致命傷《ちめいしょう》にならないだけだ。

だったら魔石を破壊すればいい。いくら再生力が凄《すご》かろうと、魔石を壊《こわ》せば一瞬《いっしゅん》で腐《くさ》るはずだ！

短縮させたソードビームの切っ先を心臓に向けて一気に伸ばすと、光の剣《けん》が彼の心臓を貫《つらぬ》いた。そのまま横に振り抜くと、どばっと血があふれ出す。

しかし、血は体内へと吸いこまれ――

「無駄だと言っているのが聞こえないのか！」

「――ッ！」

バチバチッ――！　左右から飛んできた氷弾《ひょうだん》をシールドで防ぐ。彼が命令を下したのか、空中に浮かぶひとたちが町ではなく僕を狙《ねら》い始めたのだ。

シールドのおかげで僕は無傷で済んだけれど……町を覆《おお》うシールドは、ところどころが黒ずんでいる。逃げ場をなくした黒煙が、シールド内にとどまっているのだ。

火災発生時の死因の多くは煙《けむり》を吸いこんだことによる一酸化炭素中毒だとされている。王都全域に煙が充満《じゅうまん》するまではかなりの時間がかかるだろうが、相手は不死身。このまま戦いが長引けば、王都のみんなが死んでしまう。かといって換気《かんき》のためにシールドを解除すれば格好の的となる。

「いいタイミングだ」

ブラドが僕の背後を見て、にやりと笑う。

振り返ると、大空に黒い点が散らばっていた。

あれは――魔物の群れだ。なかには手配書で目にしたワイバーンらしき姿もある。

このタイミングで王都にやってくるなんて、偶然《ぐうぜん》とは思えない。

「まさか、魔物を洗脳して……」

「そうだ。万が一にも計画が狂《くる》った場合、王都を効率よく滅ぼせるようにな！　とはいえ、貴様がシールドを解除せぬなら、ほかの町を襲わせるがな」

それが脅《おど》しであることは明らかだ。彼はほかの町を人質《ひとじち》に、僕にシールドを解除しろと言いたいのだ。

もちろん、解除なんてできるわけがない。彼が魔物たちに命令を下す前に殲滅《せんめつ》しないと。ソードビームで一体ずつ倒そうとすれば散り散りになって逃げられるが、デスビームを使えばまとめて倒すことができる！

「ハァッ！」

両手首を合わせて手を開くと、『く』の字型に青白いビームが放たれた。手を動かしてビームの軌道《きどう》を変化させると、青白い光が次々と魔物を飲みこんでいき、触《ふ》れたそばから消滅《しょうめつ》していく。

デスビームを撃つのは廃鉱山《はいこうざん》以来だが、相変わらずの破壊力《はかいりょく》だ。それになにより――

「なっ⁉　なんだと……」

ブラドが、顔に動揺を色濃《いろこ》く滲ませる。時間稼《かせ》ぎにすらならずに驚いたのだろうが……

それにしても意外な反応だ。

なぜならブラドは不死身だから。彼の存在そのものが時間稼ぎだ。なのになぜ、いまのビームでうろたえるのだろう。

「……そういえば」

と、彼の発言を思い返して、ふと疑問がよぎる。自分の不死身さを誇示《こじ》していたとき、気になることを言っていた。本当の意味で不死身なら、言う必要のないことを――

「貴様、本当に人間か⁉」

「見ての通り、人間です！」

「ならばなぜそんなに強い力を持っている！　貴様ほどの力があれば、魔王軍でも相応の地位につけるだろう！　いまなら私が口利《くちき》きしてやる！　人間など捨てて、我らのもとへ下るがいい！」

親切心から誘《さそ》っているとは思えない。僕《ぼく》を仲間に引きこまないと、自分の身が危《あや》ういと焦《あせ》っているのだ。

デスビームを見て保身に走ったということは、彼の『不死身』の正体は、僕の想像通りかもしれない。

「さあ、どうする！　我らのもとへ下るか！　それとも――」

「下りません！　僕はそんな地位に興味ありませんから！」

「我らのもとへ下れば、いずれ世界が手に入るのだぞッ⁉　そうすれば貴様はA級冒険者以上の富を手にすることが――」

「地位も名誉《めいよ》も財産もいりません！　僕はいまの人生に心から満足してるんですから！」

この世界を訪《おとず》れるまでの僕は、生きながらに死んでいた。

勉強していい会社に就職しても幸せなんて訪れず、なにに対しても興味を持てず、無味《むみ》乾燥《かんそう》な日々を歩んでいた。生きているのに、生きている実感なんて湧かなかった。

もう違《ちが》う。

女神《めがみ》様に三つの言葉を授《さず》けられ、僕の人生は一変した。

光線欲に忠実に生きることで、友達ができた。大切なひとを守れる喜びを知った。

獣耳《けものみみ》欲に忠実に生きることで、好きなものができた。愛することの喜びを知った。

収集欲に忠実に生きることで、興味の幅《はば》が広がった。未知の世界に触れる喜びを知った。

僕は人生に喜びを見出《みいだ》した。

女神様に言われた通り、好きなものを見つけ、楽しい人生を送っていたんだ。

そんな日々を壊させはしない！

「あなたを倒して、僕はこれからも欲望に忠実に生き続けます！」

「私を倒すだと⁉　愚《おろ》か者め！　不死身の私を倒せると思っているのか⁉」

「思ってますよ！　あなたは本当の意味で不死身ってわけじゃないんですから！」

彼は言った。――そんな魔法では殺せない、と。

無意識に口走ったのだろうが……わざわざ『殺せない』ではなく『そんな魔法では』と前置きしたのだ。

つまり違う魔法なら殺せるということ。ブラドもほかの魔物と同じように魔石を壊せば絶命するのだ。

通常、魔石は心臓に該当《がいとう》する部分にある。人間と同じ姿をしているため左胸を貫いたが、ブラドは魔物だ。体内構造まで人間と同じとは限らない。

それでも体内に魔石がある以上、身体を貫かれたのに余裕《よゆう》ぶるのは不自然だ。それに、本当に不死身なら、デスビームを見ても動揺などしないだろう。

となると、ブラドの言う『そんな魔法では』にデスビームは該当しないということだ。そしてソードビームとデスビームの違いは規模にある。ブラドは突きのような『点』での攻撃では倒せないが、『面』での攻撃なら倒せるのだ。つまり――

「あなたの魔石は極《きわ》めて小さく、さらに体内で自由に場所を変えることができるんです！違いますか？」

ブラドは一瞬驚愕《いっしゅんきょうがく》に顔を歪《ゆが》めたが……すぐに余裕の笑《え》みを浮かべる。

「そうだ。貴様の言う通り、私は魔石を――唯一《ゆいいつ》の弱点を動かすことができるのだ！」

「だったら、全身を吹《ふ》き飛ばしてやりますよ！」

彼は魔石を壊さない限り再生し続ける。だが、いくら魔石を動かそうと、身体ごと消し飛ばされては意味がない。だからブラドはデスビームを見てうろたえたのだ。

なのに……ネタが割れたのに、彼は余裕の笑みを崩《くず》さなかった。

「この私が、ただおとなしく貴様との会話に付き合うと思っていたか？」

「なにを――ッ」

「気づいたか！　だが、もう遅《おそ》い！」

遥《はる》か上空に、青白い塊《かたまり》があった。まるで青空が落ちてきているようだ。

恐《おそ》るべき大きさのそれは、氷塊《ひょうかい》だ。落下するだけで王都の半分以上が押し潰《つぶ》され、その衝撃波《しょうげきは》と巻き上げられた土砂《どしゃ》や瓦礫で残る半分も土に還《かえ》ってしまうだろう。

ブラドは僕と会話をしながらも杖型のマジックアイテムに魔力を流し続けていた。本来ひとりでは魔力が足りないマジックアイテムを、彼は単独で使いこなすことができるのだ。

シールドビームで王都全域を守っているとはいえ、あのサイズの氷塊を防ぎきれるかはわからない。なにせこれまで防いできた魔法とは比較《ひかく》にならない規模だから。

だけど――もとより、僕に防ぐつもりはない。

この二ヶ月でわかったことがあるけれど、光線欲と一口に言っても、気持ちよさにバラつきがあるのだ。

光線とは読んで字の如く光の線――放たれたビームが光のように眩《まぶ》しければ眩しいほど、線のように長ければ長いほど、得られる快感はより強くなる。

そして一番気持ちいいのは、デスビームだ。

「貴様は人間にしてはやるようだが、じきに魔力が尽《つ》きるだろう！　いまの貴様にこれを防ぐ術は……なにがおかしい？」

ブラドが、怪訝そうに眉《まゆ》をひそめる。

おかしいだって？　そりゃおかしくもなるさ。

「だって、思いきり光線欲が満たせるんですから！」

両手を腰元《こしもと》に添《そ》える。すると手のなかに光の玉が生まれた。それは直径一〇センチから二〇センチ、三〇センチと膨張《ぼうちょう》していく。

溜《た》めずに放つだけであの威力《いりょく》のデスビーム……エネルギーを蓄積《ちくせき》すれば、いったいどれほどの威力になるか。

あぁ、早く撃ちたい！

「な、なにをするかと思えば――そんな小さな玉で、あの氷塊が壊せるものか！」

「いいえ、壊せます！」

「ならば見届けさせてもらうとしよう――遠くでな！」

ブラドが自分の首を切り裂《さ》いた。頭部に魔石を移動させ、洗脳しているひとに受け止めさせ、遠くへ避難《ひなん》する気らしいが――そうはさせない！

ブラドをシールドで包みこむ。投げられた生首がシールド内でバチバチと跳《は》ね返る。

「や、やめろ！　やめないか！　消せ！　この忌《い》まわしいシールドを！」

「ええ、すぐに消しますよ！」

チャージ完了《かんりょう》！　ブラド越しに迫《せま》り来る氷塊を見据《みす》え――


「――デスビィィィィム！」


五〇センチほどにまで膨《ふく》らんだ光の玉を放った。

一切溜《いっさいた》めずに放つデスビームでさえ直径三メートルはあろうウッドゴーレムを飲みこむほどの太さだったのだ。五〇センチになるまでチャージされたビームは、手元から離れた瞬間から爆発的に膨らみ、ついには氷塊を丸飲みにするほどの大きさまで成長を遂げた。

まるで太陽が降ってきたようだ。思わず目を覆いたくなるほどの眩《まばゆ》い光が迸《ほとばし》り、視界が真っ白に染まる。膨張に膨張を重ねたデスビームはブラドを飲みこみ、間近にまで迫っていた氷塊を易々《やすやす》と消し飛ばす。

「バカな⁉　ただの人間が魔王様に匹敵《ひってき》する魔法を使うなどあり得ぬ！」

シールドビームは健在らしい。ブラドの声が聞こえてきた。

これなら氷塊がぶつかっていても防ぐことはできただろうが、町のみんなに怖《こわ》い思いをさせてしまう。氷塊の後処理も面倒《めんどう》だし、ビームで消滅させることができるなら、それに越したことはない。

なによりすごく気持ちいい！

ドバドバと脳汁《のうじる》が溢《あふ》れている！

快楽が止まらない！

デスビームは最高だっ！

「僕のは魔法じゃありません！　ビームです！」

そう訂正《ていせい》すると、ブラドを包んでいたシールドビームを解除する。一瞬で消滅したのか、断末魔《だんまつま》の叫《さけ》びすら聞こえてこなかった。

いつまでもビームを撃ち続けていたいが、町のひとたちが心配だ。怪我人《けがにん》がいれば早くキュアビームで治さないと。どのみち今日はビーム漬《づ》けの一日になりそうだ。

デスビームが消えたとき、空は晴《は》れ渡っていた。

ブラドも氷塊も消え、雲一つない青空が広がっている。

見れば、洗脳されていたひとたちが呆然《ぼうぜん》と空を見上げていた。攻撃してこないところを見るに、洗脳は解けたようである。

僕は身を翻《ひるがえ》すと、すべてのシールドを解除しつつ、真っ先に友達のもとへ向かった。

「カイト！」

「カイト殿！」

地に降り立つと、ふたりが駆《か》け寄ってきた。

「すごいわカイト！　さっきの光！　あんなに大きい魔法を消し飛ばしちゃうなんて！」

「この私ですら恐怖《きょうふ》を感じたほどの魔法をよくぞ破った！」

「オルテアさんとフリーゼさんが応援してくれたおかげだよ」

僕の言葉に、ふたりははち切れんばかりの笑みを浮かべる。

ふたりの笑顔《えがお》を見ていると、自然と頬《ほお》が緩《ゆる》んできた。

僕が異世界生活を楽しむことができている一番の理由は、光線欲があるからでもなく、獣耳欲があるからでもなく、収集欲があるからでもなく、大切な友達がいるからだろう。

オルテアさんとフリーゼさんの笑顔を見て、僕はあらためて幸せを実感するのだった。

《 終幕　剣聖《けんせい》の望み 》

その翌日、僕はお城を訪れていた。

昨日は一日動きっぱなしで疲《つか》れていたのでぐっすり寝《ね》ていたところ、外からざわざわと声が聞こえてきた。さらに僕の名を呼ぶ声とノック音が響《ひび》き、何事かとドアを開けると、国王の使いを名乗るひとが佇《たたず》んでいたのだ。

そうして馬車に乗り、お城に連れてこられ、そのまま謁見《えっけん》の間に通された。

謁見の間は好きなだけ収集欲を満たせそうな広々とした空間だった。部屋の奥《おく》には国章だろう、獅子《しし》が刺繍《ししゅう》されたタペストリーが垂れ下がり、壇上《だんじょう》に置かれた玉座には着飾《きかざ》った老人が腰《こし》かけていた。

僕を案内してくれたひとが観音開きのドアを開ける際「この先で陛下がお待ちです」と言っていたので、彼の正体は国王様だろう。

ひとまず跪《ひざまず》こうとしたところ、国王様が玉座から立ち上がった。

「おお、よく来たなカイト殿」

「いえ、こちらこそお招きいただきありがとうございます」

そう言って、頭を下げる。

僕はまだ剣聖になってない。なのにこうして城に招かれ、国王様にお会いできるなんて夢にも思わなかった。

だけど、僕を呼びつけた用件についてはは察しがついている。

ブラドが起こした昨日の事件について、僕に言いたいことがあるのだろう。

昨日は王都上空を旋回《せんかい》し、キュアビームをまき散らすだけで一日が終わってしまった。けっきょく獣人《じゆうじん》街のひとたちに食料を届けることができず、今日こそ行けると思っていたのだが……さすがに国王様の誘いは断れない。

オルテアさんたちも家で待っているので、なるべく早めに帰れるといいのだけれど……

「来てもらったのは昨日の件について礼を言うためだ。王都を守ってくれて、心から感謝する」

「いえ、当然のことをしただけですから」

僕を暗殺しようとした黒幕を倒し、自分が住んでいる町と大切な友達を守っただけだ。

さらには思いきり光線欲を満たし、とびきりの快感を味わうことができた。

もちろん、こうして感謝の気持ちを示されるのは嬉《うれ》しいけど、一国の主《あるじ》がわざわざ呼び出すほどのことではない。

「当然のこととは言うが、きみがいなければ王都どころか国が滅んでいたかもしれんのだ。まさか我《わ》が国《くに》に魔物が冒険者として潜伏《せんぷく》していようとはな……」

ブラドの正体と目的については昨日あのあと合流したファベルさんに伝えた。そこから国王様のもとへ情報が届けられたようだ。

「国を治める者として、国を救ってくれた礼をしないわけにはいかん。そこで……」

と、国王様が目配せした。部屋の隅《すみ》に佇んでいた家臣と思《おぼ》しきひとが、やたら重そうな皮袋を持ってくる。

「せめてもの気持ちだ。受け取ってくれ」

「これは……？」

「金貨だ」

これが金貨の膨らみなら、八〇〇枚は入ってそうだ。すでに返済の目処《めど》は立っているが、一気に住宅ローンを返済できる。そのうえ獣人街のみんなに多くの食料をお届けできる。だけど……

「受け取れません」

僕の返事に、国王様が意外そうな顔をする。

「なぜだ？　遠慮《えんりょ》などする必要はないのだぞ。国を救った正当な報酬《ほうしゅう》なのだから」

「だとしても受け取ることはできません。王都があんなことになったんですから」

洗脳していた仲間の多くは第二区画にいたのだろう。第二区画を中心に、多くの被害《ひがい》が出た。僕たちが以前住んでいた家も、半壊してしまっていた。

第二区画は集合住宅が主だ。一棟崩《とうくず》れれば多くのひとが住まいを失う。需要《じゅよう》が増えれば家賃が上がり、獣人を中心に路頭に迷うことになる。

金貨八〇〇枚だと焼け石に水かもしれないけれど……

「そのお金は復興に充《あ》ててください」

「復興に……。きみはそれでいいのか？」

「はい。お金なんかなくても、僕は充分《じゅうぶん》すぎるほど満ち足りてますから」

そうか……、と国王様は感心した様子でため息を吐《つ》き、ふっと微笑《びしょう》する。

「リストに書いてあった通りの人物だな」

「リスト……ですか？」

うむ、とうなずき、

「先日、剣聖候補のリストが届いてな。よほど普段《ふだん》の素行が立派なのだろう。きみの項目《こうもく》には、ギルド職員から見た多くの好意的な印象が記されていた。そこに昨日の活躍《かつやく》を加味すれば、きみを剣聖に任命することになんのためらいもない」

「本当ですか⁉」

思わず喜びの声を上げる僕に、国王様が目を瞬《しばたた》かせる。

「意外だな。そんなに剣聖になりたかったのか？」

「はい！　剣聖に任命されると望みの褒美《ほうび》をいただけると聞いてましたから！」

国王様はなんだか不安げな顔をする。わずかに顔を曇《くも》らせて、

「もちろん褒美は用意するが……金貨を拒《こば》むようなきみが満足できるものを与《あた》えられるかどうか……」

たしかに難しい頼《たの》みかもしれない。僕の望みは、この上なくお金がかかるから。それも一時的にではなく、継続的《けいぞくてき》に。

それでも、そのために剣聖を目指していたんだ。任命されたからにはダメ元でも頼んでみたい。

「して、きみの望みとは？」

「配給制度の導入です」

国王様が、きょとんとする。

「配給制度……？」

「はい。獣人街のひとたちに……できれば国中の獣人たちに、食料を配ってほしいんです。毎日配るのは大変だと思いますから、週に一度、一週間分の食料を」

「なにを言っているのだね、きみは？」

そう言ったのは、さっき僕に金貨を渡そうとしたひとだ。

いつの間にか謁見の間の片隅《かたすみ》に戻《もど》っていて、そこから不愉快《ふゆかい》そうな顔を向けてきている。

「やっぱり、難しいですか？」

「可能か不可能かで言えば可能だが、獣人ごときのために国庫を開くなどバカげている。獣人たちは頼みもしないのに王都に住みついているのだ。嫌《いや》なら出ていけばいいだろう。そして自分たちで土地を開墾《かいこん》して――」

「黙らんか！」

国王様が一喝《いっかつ》した。

「で、ですが陛下、ただでさえ我々が命懸《いのちが》けで魔物から守ってやっているのに、そのうえ獣人に食料を配れなどと言っているのですぞ」

「魔物から守っているだと？　お前は昨日なにをしていた！　戦ったのか⁉」

「い、いいえ、戦ってはおりませんが……」

「ならば魔物と戦ったことはあるか？　一度でもだ！」

「い、いえ、ございませんが……」

「では二度と『魔物から守ってやっている』などと偉《えら》そうなことを言うな！」

「も、申し訳ございません……」

家臣はそれきり黙りこんでしまう。

国王様が僕を庇《かば》ってくれたのは嬉しいけれど、それと頼みを聞き入れるのは別問題だ。

家臣の言うように、国中の獣人に食料を配るのはかなりの出費だ。これから復興という大事な時期に、獣人たちにお金をかける余裕はないと言いたくなる気持ちはわからなくもない。

剣聖になると望みの褒美を賜《たまわ》れる――。そうは言っても、物事には限度があるだろう。

週一で一週間分の食料は望みすぎたかもしれない。断られたら、週に一度三日分の食料ということで再提案してみよう。それでもだめなら一日分だ。お腹《なか》を満たすことはできないけれど、獣人たちの助けにはなる。

なんて考えていると、国王様が真剣《しんけん》な眼差《まなざ》しを向けてきた。

「きみは剣聖であり、我が国を救ってくれた英雄《えいゆう》でもある」

「いえ、英雄というほどでは……」

そういう称号《しょうごう》は、もっと大きなことを……たとえば魔《ま》王討伐《おうとうばつ》を成《な》し遂《と》げたひとなんかに与えられるべきものだ。最近までサラリーマンに過ぎなかった僕が賜るには仰々《ぎょうぎょう》しい称号である。

「謙遜《けんそん》するでない。カイト殿が英雄であることは、この国の誰《だれ》もが認めるだろう。そんな英雄のたったひとつの頼みを断ったとあっては、ご先祖様に顔向けできん。末代までの恥《はじ》となろう。ゆえにその頼み、聞き入れた」

やった！

「ありがとうございます！」

「金貨では喜ばなかったのに、人助けでは喜ぶか……。きみが国民を守ると誓《ちか》いを立ててくれれば、ご先祖様も安心してお帰りになるに違いない」

「はい！　聖霊祭《せいれいさい》では心から誓いを立てます！」

国王様はにこやかな顔で、

「聖霊祭当日のきみのスケジュールについては、後日あらためて使いの者を送るのでな。またきみに会える日を楽しみにしているよ」

「わかりました。本当にありがとうございます！」

深く頭を下げ、謁見の間をあとにする。観音開きのドアの向こうから「先ほどの態度はなんだ！」と家臣を叱《しか》るような声が聞こえてくるなか城外に出た僕は、ジェットビームで家に帰った。

「ただいまー」

幸いにも被害が出ずに済んだ家に入ると、オルテアさんとフリーゼさんが駆けてきた。

興味津々《きょうみしんしん》といった眼差しで、

「話とはなんだったのだ？」

「昨日の褒美よねっ？　なにをもらったの？」

「金貨八〇〇枚をいただいたけど――」

「金貨八〇〇枚⁉　それだけあれば家の借金を完済できるぞ！」

「たった一ヶ月で返済できるなんてびっくりね！」

「――受け取らなかったよ」

ぽかんとされた。

「……えっ？　ど、どうして？　遠慮しちゃったの？」

「褒美なのだから受け取ってもいいのでは？」

「うん。まあ、せっかくの厚意を突《つ》き返すのは、ちょっと悪い気がしたけどね。これから復興にお金がかかるから、そっちに使ってくださいって頼んだんだ」

「あー……なるほどね。カイトらしいわ。たしかに第二区画は酷《ひど》い有様だったものね」

「まったくだ。早く復興を遂げ、以前の姿を取り戻してほしいものだな」

「そうだね。あと、僕を剣聖に任命するとも言われたよ」

そう告げたとたん、ふたりが満面の笑みになった。

「おおっ！　ほんとか！　おめでとう！」

「ぜったい任命されるって信じてたわ！」

「カイト殿は魔物退治を頑張っていたからな！　私も信じていたぞ！」

「強くて優《やさ》しいカイトが剣聖になったんだもの。ご先祖様もいま生きてるひとたちも安心するでしょうね」

「うむ。私の父と母も心から安心してくれるだろう」

「ありがと！　そう言ってもらえると本当に嬉しいよ」

剣聖は聖霊祭の役職に過ぎないが、祭りの日だけ働けばいいわけじゃない。少なくともベリックさんは『民を守る』と誓いを立て、有言実行に移したはず。多くの魔物と戦い、たくさんの困っている人々を救ってきたからこそ、あんなに大勢に慕《した》われているんだ。

二期連続で剣聖を務めたベリックさんと比較されるのはプレッシャーだけど、ふたりが褒《ほ》めてくれたおかげで気が楽になった。気負いすぎず、これからもいままで通り、自分の手が届く範囲《はんい》で助けられるひとには手を差し伸べていこう。

「そうだ。以前話した配給制度だけど、国王様は快く引き受けてくれたよ」

「やったわねっ！　これでみんな安心して生活できるわ！」

「カイト殿は獣人の救世主だな！」

英雄といい、救世主といい、今日はオーバーな称号を与えられてばかりだ。褒められて悪い気はしないけれど、さすがにちょっと照れくさい。

「ただ、配給が開始されるまではまだ時間がかかるだろうから、しばらくはいままで通り、食料を運ぶのを続けるよ」

元々そのつもりだったのか、ふたりはにこやかにうなずいた。

「朝食を済ませたら、さっそく買い出しに出かけましょ」

「今日もいっぱい買ってやろう。みんな喜ぶに違いないぞっ！」

「あとさ、獣人街からの帰りに買い物してっていい？」

「もちろんよ。こんなときだし、買って店を応援しないとねっ」

「帰りは空っぽの荷車があるのだ。好きなだけ買い物をするといい！」

「ありがと！　待ち遠しいよ！」

買い物も楽しみだし、獣人街に行くのも楽しみだ。親睦《しんぼく》も深まったし、そろそろ獣耳を撫《な》でさせてくれるかも！

そうして収集欲と獣耳欲を満たす瞬間《しゅんかん》を楽しみにしつつ、スティックビームとジェットビームで光線欲を満たしながら、僕は友達とともに大通りへと向かうのだった。

《 あとがき 》

はじめまして、猫又ぬこです。

このたびは『最強デスビームを撃てるサラリーマン、異世界を往く』をご購入いただき、まことにありがとうございます。

本作は無趣味の青年・入江海斗が女神様から三つの趣味を授かって異世界転移するお話です。

作中に登場する心理テストは実際にあるものをモデルにしておりまして、年始なんかにTwitterをやっているとリツイートされてくるアレです。私が試してみたところ『先生』『水着』『天丼』となりましたので、海斗くんは引きが強いなと思いました。

それでは謝辞を。

本作の出版にあたっては、多くの方にご尽力いただきました。

担当様をはじめとするＨＪ文庫編集部の皆様。

お忙しいなか素敵なイラストを手がけてくださったカット先生。

校正様、デザイナー様、そのほか本作に関わってくださった関係者の方々――。本当にありがとうございます。

そしてなにより本作をご購入くださった読者の皆様に最上級の感謝を。皆様に少しでもお楽しみいただけたなら、これ以上の幸せはありません。

それでは、次巻でお会いできることを祈りつつ。

二〇二三年そこそこ寒い日　猫又ぬこ

HJ文庫
1073
https://firecross.jp/

最強デスビームを撃てるサラリーマン、異世界を征く 1

剣と魔法の世界を無敵のビームで無双する

2023年3月1日　初版発行

著者――猫又ぬこ

発行者―松下大介
発行所―株式会社ホビージャパン

〒151-0053
東京都渋谷区代々木2-15-8
電話　03(5304)7604（編集）
03(5304)9112（営業）

印刷所――大日本印刷株式会社

装丁――木村デザイン・ラボ／株式会社エストール

Printed in Japan
ISBN978-4-7986-3096-0　C0193

ファンレター、作品のご感想お待ちしております
〒151－0053　東京都渋谷区代々木2－15－8
(株)ホビージャパン HJ文庫編集部 気付
猫又ぬこ 先生／カット 先生